Magical Explorer 5

Reincarnated as a Eroge

マジカル☆エクスプローラー
エロゲの友人キャラに転生したけど、ゲーム知識使って自由に生きる5

入栖
— Author
Iris

神奈月昇
— Illust
Noboru Kannatuki

「もし手が必要ならアタシに言いなさい。
あんま力になれないかもしれないけれど」
カトリナ
『マジエク』ゲームパッケージに写るメインヒロイン。勝気な性格で貧乳を気にしている。

「あなたは今の私を見て何も思わないの――？」
ステフ
『風紀会』の会長職『隊長』を務める。法国の聖女。美しく心優しいため、学園生から人気があるが……？

「やあ、待っていたよ。私は名字が嫌いでね、アネモーヌと呼んでくれ」
アネモーヌ
トレーフル皇国出身のダークエルフで、式部会の大丞を務めている天才発明家。自他共に認める変態。

「う……ううぅ…………」

「まあ。お帰りなさいませ、ご主人
美少女メイドですか？　ななみん
それとも、な・な・み？」

様。
ですか？
ななみ
ダンジョンマスターを補佐するために作られたメイド。天使という珍しい種族。

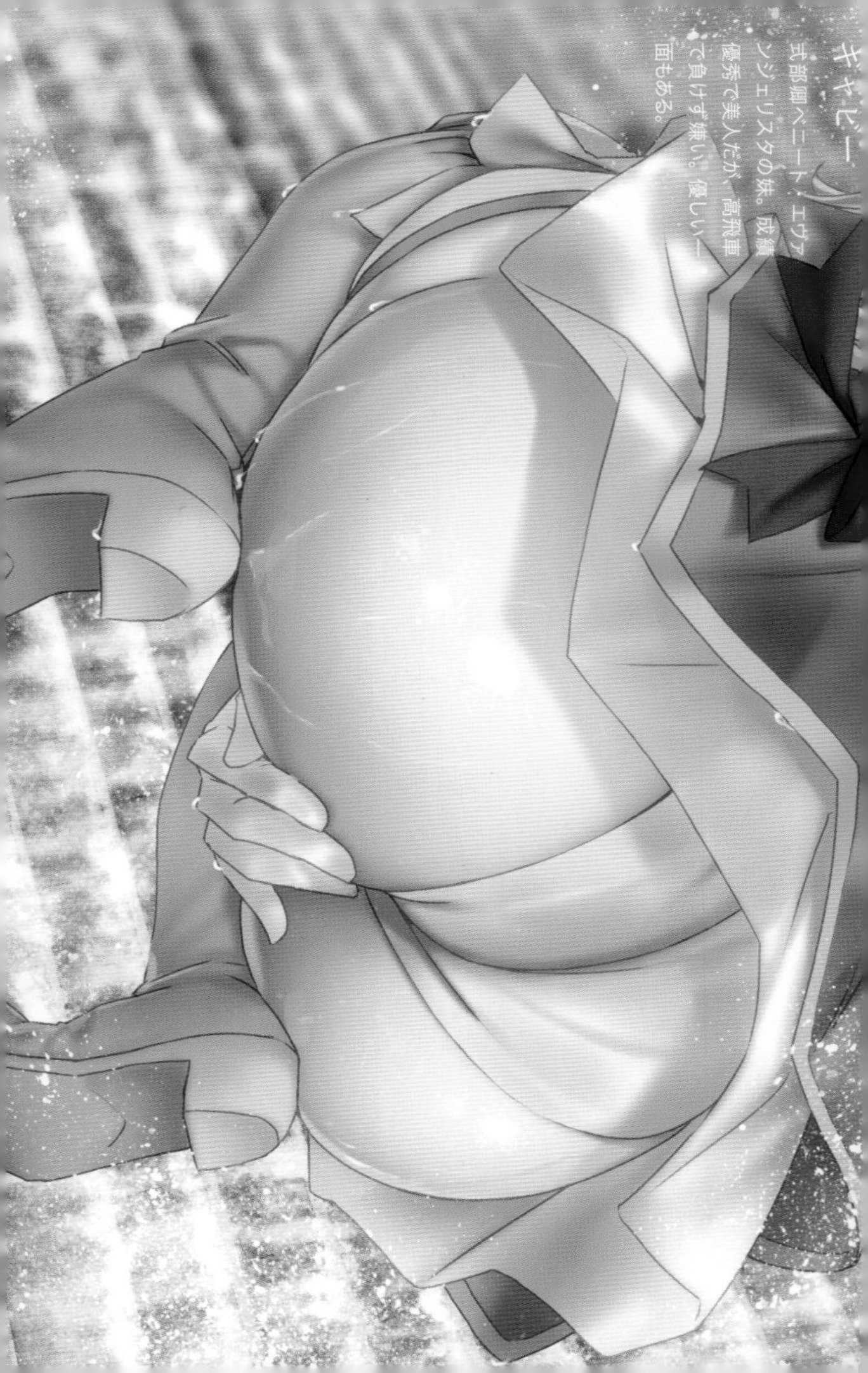
キャビー
式部卿ベニート・エヴァンジェリスタの妹。成績優秀で美人だが、高飛車で負けず嫌い。優しい一面もある。

マジカル★エクスプローラー

エロゲの友人キャラに転生したけど、ゲーム知識使って自由に生きる5

入栖

角川スニーカー文庫

22727

Illustration：神奈月昇
Design Work：杉山絵

Illustration: 神奈月昇
Design Work: 杉山絵

einncarnated as a Eroge Hero's Friend, I'll live freely
ith my Eroge knowledge.

龍音幸助

きおとこうすけ

ーム『マジエク』に登場する友人
ャラ。しかし中身はエロゲが大
きな日本人。特殊な能力を持っ
いる。

リュディ

リュディヴィーヌ・マリー＝アンジュ・ド・ラ・トレーフル

エルフの国『トレーフル皇国』皇帝
の次女のお嬢様。ゲーム『マジエ
ク』パッケージに写るメインヒロイ
ン。

ななみ

ななみ

ダンジョンマスターを補
に作られたメイド。天使
い種族。

邑毬乃

なむらまりの

ームの舞台となるツクヨミ魔法
園の学園長。ゲームではあまり
場せず、謎の多い人物だった。

花邑はつみ

はなむらはつみ

花邑毬乃の娘で瀧音幸助のはと
こ。基本的に無口で感情があまり
顔に出ない。ツクヨミ魔法学園の
教授。

クラリス

クラリス

リュディのボディガード
エルフ。真面目で主人に
敗を引きずりやすい。

聖伊織

じりいおり

ーム版『マジエク』の主人公。
た目は平々凡々。だが育てれば

聖結花

ひじりゆいか

ゲームパッケージに写るメインヒロ
インであり、伊織の義妹。ツクヨミ

加藤里菜

かとうりな

『マジエク』ゲームパッ
るメインヒロイン。勝

Character

キャラクター

Magical Explorer 5

モニカ

モニカ・メルツェーデス・フォン・メビウス

『生徒会』の『会長』を務める。『マジエク三強』の一人で、ゲームパッケージに写るメインヒロイン。

ステフ

ステファーニア・スカリオーネ

『風紀会』の会長職『隊長』を務める。法国の聖女。美しく心優しいため、学園生から人気があるが……？

ベニート

ベニート・エヴァンジェリスタ

『式部会』の会長職『式部卿』を務める。学園生から嫌われているが、エロゲプレイヤーからは人気が高い。

フラン

フランツィスカ・エッダ・フォン・グナイゼナウ

『生徒会』の『副会長』を務める。非常に真面目な性格の女性。雪音と紫苑をライバル視している。

水守雪音

みずもりゆきね

『マジエク三強』とも呼ばれる、公式チートキャラの一人。風紀会の副会長を務める。

姫宮紫苑

ひめみやしおん

『式部会』の副会長職『式部大輔』を務める。制服を着ずに常に和服を着ており、メインヒロイン級の強さを持つ。

アイヴィ

アイヴィ

ツクヨミ学園新聞を発行する新聞部の部長。兎人族の女性で常にハイテンション。三会の役割を知っている。

ルイージャ

ルイージャ

ツクヨミ魔法学園の教師。お金にルーズであり、花邑家に借金がある。はつみの先輩であり、学生時代は一緒にダンジョンへ行っていた。

桜瑠絵

さくらるえ

ツクヨミ学園に立地する図書館の司書。学園に長く務めており生徒思いで優しい。占いが好き。

一章　ガブリエッラ・エヴァンジェリスタ

▶　»　«　CONFIG

Magical Explorer
Reincarnated as a Eroge Hero's Friend, I'll live freely with my Eroge knowledge.

―ガブリエッラ視点―

「まぁぁああああったく、信っっじられませんわ！　思い出すだけでも腹立たしいっ……キィィイイイイッ！」

「まあ、僕は皆《みんな》に恨まれるように過ごしているからねぇ」

お兄様は何事も無かったかのようにはっはっはと笑っている。

「お兄様っ！　だからといって聖《ひじり》結《ゆい》花《か》のあの言動は許されません!!」

思い出すだけでも腹が立ちます。私《わたくし》だけのことならまだしも、お兄様のことまで！

「ほら、ガブリエッラ。淑女らしからぬ変な声が漏れてるよ。落ち着いて」

「お兄様はなんとも思わないんですの!?」

あのおちょくるような彼女の声を思い出す。

「あーんなに弱い、頭にあんこでもつまってる、式部卿《きょう》さんは辞任して瀧音《たきおと》さんに譲った方がいいんじゃないんですのー？　あの瀧音幸助《こうすけ》という奴もまーったく否定せずでしたわ」

「はっはっは……さすがにそこまで言う子じゃなかった気がするんだけどね。脚色してないかな？」

「しておりません！」

ちょっと記憶が曖昧《あいまい》ではありますが、こーんなニュアンスですわっ。

「そ、そっか。まさか瀧音君だけじゃなく結花さんもだとは……」

「ん、何か仰《おつしや》いましたか、お兄様!?　全くっ、何度思い出しても腸《はらわた》が煮えくり返りそうですわ！　お兄様、お願いしていた私《わたくし》達が戦う舞台は用意していらっしゃいますかっ!?」

「うん、それは進めているよ。ぴったりなダンジョンがあるんだ」

「それと約束覚えてらっしゃいますか？」

「ああ、覚えているよ。ガブリエッラが勝利したら式部会に推薦だろう？」

「ええ、そうですすそうです」

「でも本当に式部会に来る覚悟はあるのかい？　自分をよく見つめ直したかい？」

「そんな物もう出来ておりますわ。私《わたくし》はお兄様と同じ式部卿になりたいんです！」

「式部卿って言ったら、もう既に瀧音君が内定しているようなものだよ」

「また……あの男ですか……」

媚《こ》びを売ってお兄様に近づき利用しようとしている外道。お兄様を踏み台になんてさせません。それは私《わたくし》が阻止しなければならない。

「生徒会の方はどうするんだい？　成績上位者ということで声を掛けられているんだろう？」

「そちらは明日にでも断るつもりでしたわ。それよりも、式部会です。もし私《わたくし》が式部会に入会し何か大きな事を打ち立てたら、私《わたくし》が式部卿になることも可能ですわよね？」

お兄様は息を吐くと困ったように笑う。

「ガブリエッラ……」

「私《わたくし》がお兄様のようになってはいけないんですの!?」

「いや、そういう訳じゃ無いんだ。僕はね……ガブリエッラにはもっと大きく羽ばたいて欲しいんだ」

「羽ばたくってどういうことですの？　大きな役職に就くということなら、私《わたくし》は式部卿を目指しますわ！　それこそ大きく羽ばたくことになるではありませんの」

「確かにそうなんだけど」

もしかして。

「お兄様は瀧音幸助が式部卿にぴったりだと、そう思ってらっしゃるのですか？」

私《わたくし》では無く。

「瀧音君なら、僕よりも上手《うま》くこなしてくれると思うよ。それがたとえ生徒会でもね」

また瀧音。お兄様は瀧音幸助を信用しすぎですわ。ですから、瀧音幸助に利用される。

だったら、私《わたくし》がお兄様から瀧音幸助を引き剥《は》がさなければならない。

「瀧音幸助を引きずり下ろしますわ」

「何を言ってるんだい？」

「今度の勝負で私《わたくし》が勝ったら瀧音幸助に式部少《しょう》輔から降りて頂きます」

「そんなの瀧音君が受けてくれるわけ無いじゃないか。仮にそんな勝負するとしたらそれに見合う物をガブリエッラは提示しないといけないよ？」

「なら私《わたくし》は学園を去りますわ。負けることはありませんし」

お兄様は悩んでおられるようだった。しかし最終的に……。

「もし瀧音君がそれで受けてくれるというのなら、それでもいい。僕は二人に任せるよ」

笑顔でそう答えた。

「……お兄様は準備を進めておいて下さいな、瀧音幸助に勝ちます、そして私《わたくし》が式部卿にふさわしいことを証明致しますわ！」

私《わたくし》はリビングから出る。そして足早に自分の部屋に行くと怒りをため息に変えて、大きく吐き出した。ベッドの前に来るとゆっくり仰向けに倒れる。

「お兄様が一番です……」

お兄様はあのお父様にすら認められた存在。彼以上の人はあり得ない。

私《わたくし》は横になったまま自分の手を天井へ伸ばした。

その手を見ていて不意に昔のことを思い出す。十歳にも満たないときの事だった。

あれは私《わたくし》が庭で魔法の練習をしていて、上手くいかなくて、そして芝生《しばふ》に倒れ込んだ時だ。同じように天に向かって手を伸ばして……。

「なんでわたくしは……こんなにも」

魔力をまとった自分の手を見ながら呟《つぶや》く。

お兄様はあんな簡単に出来ていた。お父様もお母様もメイドもそう言っていた。出来ないのは自分に才能が無いのだろう。手から霧散していく魔力。

「こんなところで寝転んで何をしているんだい？」

ふいに声をかけられた。

いつの間にか近くにお兄様が居て、私《わたくし》を見下ろしていた。いつもの笑顔で。

「魔法がうまくいかなくて」

「そうか、なら僕が教えてあげよう」

お兄様は私《わたくし》に手を差し伸べていた。

私《わたくし》はその伸ばされた手を握……ろうとしたところでその幻想はゆっくりと消え、天井が見えた。

いつの間にか私《わたくし》の腕が下がっている。私《わたくし》はもう一度手を伸ばした。しかしその手は何も掴《つか》むことは出来なかった。ただ天井が見えるだけだった。

二章　聖《ひじり》結《ゆい》花《か》のいる日常

▶ » « CONFIG

Magical Explorer
Reincarnated as a Eroge Hero's Friend, I'll live freely with my Eroge knowledge.

たまにあることではあるから驚きはあまりない。しかし、疑問ではある。姉さんはいつの間に潜り込んでいるのだろうか。

巻き付いた腕を外しシャチ人形《マリアンヌ》を生け贄《にえ》に捧《ささ》げると、体をゆっくり起こす。動きたくないという欲求を無視し、堕落と怠惰の根源であり一種の聖地でもある布団をなんとか抜けると、なるべく音を立てないように窓へと向かう。

カーテンと窓を開けて新鮮な風を取り込みながら、ぐっと伸びをし外を眺める。ちょうど太陽が顔を出したようで、まだ薄暗さを感じる深い青空に、神々しいオレンジ色の光が差すのが見えた。今日は雲ひとつない快晴だ。

ランニング日和と言えるだろう。今日はクラリスさんとななみが朝の支度をするらしいから、早朝のランニングには居ない。いつもより少人数だ。

もう一度ぐっと伸びをして、窓を閉める。規則正しく上下する布団に小さく挨拶《あいさつ》をして、部屋を出た。洗面所へ行って顔を洗い、歯を磨いていると、パジャマを着た女性が目をこすりながら入室してくる。

「よ、おはよ」

「ぁ、たきおとさん、ぉっはようございまぁーす」

小さくあくびをしながら結花は俺の隣に立つと、薄いピンク色の歯ブラシを手に取り歯を磨き始める。

「ひょうのあひゃごひゃんはふぁれがふふうんでふかへ」

「何言ってるか全く分からんから。歯ブラシ抜いて喋《しゃべ》れ」

「今日の朝ご飯は誰が作るんですかね？」

「クラリスさんとななみだよ」

多分キッチンに行けば、鎧《よろい》ではなくエプロンを着けたクラリスさんが拝めるだろう。本人曰《いわ》く元々はあまり料理が得意ではなかったらしいが、ある日を境に急激にうまくなっていったとか。その日は俺が四十層に到達した日だから、あれの影響だろうか。

だとすれば戦闘だけではなく、何でも成長させることが出来るのだろう。例が少ないため決めつけるのは危険だが、そうだとすれば嬉《うれ》しい発見だ。

それにしても。

「朝一で話すことが朝食か……」

「いーじゃないですか。昨日のハンバーグすっっっごく美味《おい》しかったですし、瀧音《たきおと》さんだって気になりませんか？」

「まあ昨日の和風ハンバーグは俺と先輩で作ったから美味しいのは当然だな」

「……っはぁーっ⁉」

「なんだ、そのあり得ない物を見るような目は……」

俺や先輩はたまに料理するんだよ。基本は毬乃《まりの》さん、ななみ、クラリスさんだが。

彼女は帰るのが遅かったからキッチンに立つ俺を見ていなかったのだろう。ギャビーと何か話でもしていたのだろうか。

「だってそうじゃないですかっ⁉ 雪音《ゆきね》さんは分かりますけど、瀧音さんが料理⁉」

一歩後ずさりながら驚愕《きょうがく》の表情で俺を見る。

「てっきり雪音さん一人で作ってたと思いましたよ」

「覚えたんだよ。カフェを開いてみたいなと思っていた時期もあったからな」

あぁーと呟きながら、俺の全身を見る。

「ちょーっとばかし似合うかもしれません」

「だろ？ もしオープンしたら手伝ってくれよ」

「えーっ。どーしましょっかねぇ♪ そうですね、瀧音さんがどうしてもって言うなら、時給一万円で考えなくもないですね」

にっしっしと笑うと、手でお金のマークを作る。

一日八時間働くとして、二十日勤務で月給百六十万。年収一千万とか楽勝で超えるな。

「どんだけむしり取るんだよ。てかそれが払えるくらい稼げるなら、俺は真面目にカフェを開いても良《い》いかもな」

まあ、なんだかんだ言いながら無償でもある程度手伝ってくれそうな気がする。彼女はそういう子だ。

「さて、歯も磨いたし、ランニングにいくか。先輩も待っているだろうし」

「あっ瀧音さん、ちょっと着替えてくるから待っててくださいよ」

「どーしましょっかねぇ♪」

「うっわキッモ……」

俺はお前の真似をしただけなんだが。ただ自分でもキモイとは思う。

洗面所からダイニングへいくと、そこにあるソファーにはリュディが座っていた。何やら魔法書を読んでいるようで、真剣な表情でページをめくっている。

「おはよう、リュディ」

俺の声に反応し彼女は顔を上げる。目に掛かった髪を、少し首を傾けて払うと、耳飾りが少しだけ揺れる。

「幸助《こうすけ》？　おはよう」

「朝から熱心だな。何を読んでるんだ？」

「更に上位の風魔法を覚えようかと思ってたのよ、それではつみさんにお願いしていたんだけど……」

　言葉がないが続く言葉は分かる。

「マリアンヌと共に夢の世界に居ると思うよ」

　リュディは苦笑すると、小さく息をつく。

「もう少ししたら起こしに行くわ」

「そうだな」

　花邑《はなむら》家という恩恵を一番受けているのは間違いなく俺だが、多分二番目はリュディであろう。本来なら面倒なダンジョンをクリアしなければ覚える事の出来ないスキルを、毬乃さんや姉さんから得ているのだから。

「……どうしたの、じっと見て」

「ああ、いや。ラーメン食べに行きたいなと思って。一人だとなんだかな」

　リュディは蜂蜜《はちみつ》をたっぷり入れたような笑顔を咲かせると、仕方ないわねぇと嬉しそうに話し出す。

「いいわ、時間見つけて一緒に行きましょ」

　リュディから離れ、水を飲むためにキッチンを覗《のぞ》けば、そこでは何やら話し込んでいるクラリスさんとななみの姿があった。

「おはよう、ななみ、クラリスさん……どうかしたんですか？」

「おはようございます、ご主人様」

「おはようございます、瀧音様。実は朝食に何を作るかで悩んでおりまして」

ああ、と頷《うなず》く。

「ご主人様は何がよろしいですか？　和、洋、中、ななみ、どれでもお好きな物をお選びください」

「選択肢一個だけ明らかにおかしかったんだけど。……まあ和かな」

「分かりました、ななみですね。ひと肌脱ぎましょう」

「聞いた意味ないよね？　あとなんでひと肌を小声で言ったの？」

俺らのやりとりを見ていたクラリスさんがクスクスと笑う。

「クラリスさんも何か言ってやってくださいよ」

話題をふられると思っていなかったのだろう。私ですかと驚き、何かを思いついたのかパッと笑みを浮かべる。

「ご、ごほん。で、では今日の朝食は和、洋、中、クラリスのどれになさいますか？」

なるほど、ななみにかぶせてきたか。

「じゃあクラリスさんで」

「ゑっっっっっっ!?」

あわあわと慌てるクラリスさん。多分『和』と言うと思っていたのだろう。後の流れもななみを参考にしようとしていたのがうかがえる。残念だがそんなことにはならない。

プルプルしているクラリスさんにななみが何か耳打ちする。それを聞いてクラリスさんは、なるほどと頷いた。

「じゃ、じゃあ脱ぎますね」

「クラリスさーん『ひと肌』抜けてるっ！　とりあえず落ち着いてください、近くにリュディ居るから、勘違いされるから。もちろん冗談だから！」

「そういえばご主人様、とある方がご主人様に話があると仰《おつしや》ってましたよ」

「誰だ？」

「ご主人様のよく知っている方です。駅近くの雑貨屋のお兄さんの親戚《しんせき》で、電気屋で販売員をしているお姉さんが週一で行く八百屋のおじさんのご友人……ルイージャ様です」

確かによく知ってる人だった！　でも過程要《い》らないよね？

「分かりにくいわ！」

「では……雑貨屋の下等生物の親戚で電気屋の下等生物が週一で行く八百屋の下等生物の友人、下等生物です」

「先生含めて全員下等生物じゃねぇか！　皆さんすみませんでしたぁ！」

デフォルト設定解除されてないぞ！

「もちろん冗談です。ただルイージャ様が用があるのは残念ながら本当です」

「……ルイージャ先生か。話聞きたくないなぁ……まぁ後で行くよ」

それから朝食の話に戻った二人と別れ、集合場所である庭へ行く。そこには既に先輩がいた。

稽古着《けいこぎ》を着た先輩は薙刀《なぎなた》を手に普段の型をしている。横薙《よこな》ぎ、切り上げ、振り下ろし、一振り一振りする度に揺れるポニーテールと白いうなじは、国宝に指定されそうなぐらい美しく素晴らしい。

「おはようございます」

「ああ、おはよう瀧音。今日は良い天気だな」

結花の笑顔が甘い炭酸水のように元気いっぱいで刺激的な笑顔だとすれば、先輩の笑顔は柑橘系《かんきつけい》のさっぱりした笑顔だと思う。

それは先輩の性格も影響しているだろう。

「昨日は少し曇ってましたからね。今日は絶好のランニング日和ですよ」

「そうだな。風は少し冷たいが、ランニングしていればちょうど良い具合になるだろう」

そう言って目を閉じると先輩は小さく深呼吸する。

それを見て俺も小さく深呼吸する。確かに風は少し冷たいが、日差しがあるから寒いとは思わなかった。

「そういえば風紀会のメンバーが瀧音に興味を持っているらしくてだな、機会があれば顔を出さないか？」

「ええ、もちろん良いですよ。会いたい人もいますし」

俺がそう言うと先輩は首をかしげる。

「会いたい人……？　ステフ隊長か？」

「違いますよ。先輩に決まってるじゃないですか」

「そうか私か……って、わ、私だとっ………ば、馬鹿者っ！」

言葉とは裏腹に嬉しそうに顔を背ける先輩を見ていると、なぜだか自分も恥ずかしくなってくる。

「冗談です。俺が会いたいのはリュディと先輩でした。さて、今日はどこまで行きますか？」

「…………………今日もダンジョンへ行くのだろう？　軽く四十キロメートルくらいで済ませよう」

「っはぁーっ!?」

その声に俺と先輩が振り返る。

そこに居たのはレギンスにショートパンツと走りやすい服に着替えた結花だった。

「リュディさんも言ってましたけど、軽くの概念ぶっ飛んでますよねぇ？」

俺と先輩は顔を見合わせる。美しい。

「そうか？」

「そうですよぉ……まあもちろん最後までお付き合いしますケド」

「まあ無理はすんなよ？」

「私を誰だと思ってるんですか。余裕ですよ、よゆー……あっそうだ。瀧音さん」

「んあ、なんだ？」

「お付き合いで思い出したんですけどー」

「おいおい。先輩がいるってのに、照れるじゃん」

「っはぁーっ？」

「すみません、冗談です」

冗談だって分かるだろう。普通に嫌そうな顔をしたよな。

「今日式部会に行きたいんですけど、案内して貰《もら》っても良いですか？」

「式部会？」

「ええ式部会です。ちゃんとお礼が言いたくてベニートさんに連絡したら、ちょっと僕からも用があるって事らしいんですよ」

「へぇ、ベニート卿《きょう》が結花にね」

「ふむ……」

そう言って先輩は何かを考え込むように腕を組む。何の用件だろうか。もしかしたらギャビーの件かも知れない。

「分かった、時間は？」

「逆に聞きますけど、何時頃空いてるんですかね？」

「なら午前授業が終わってからにするか。何かくれてもいいんだぞ」

と冗談で言ってみる。

「えーっ、仕方ありませんね。じゃぁ肩たたき券あげますよ」

「マジかようれしいぜ。パソコン業務続けてると目の疲れもあって、肩がミスリルになるんだよなぁ少し動かすだけでこうバキバキっていらねぇよ！　小学生の父の日じゃねーか！」

「ずいぶんリアリティのあるノリツッコミだな」

先輩は知らないだろうけど、俺は前世でパソコン業務を経験済みだよ！　てか『美少女』の『肩たたき券』ってそこはかとないエロスを感じるんだけど！　肩多々危険《かたたたきけん》。

「じゃあ似顔絵描いてありがとうの文字を添えますよ」

「あーもうそれでいいや、てかちょっと興味あるし欲しい」

「え、そんなのでいいんですか？　じゃあ授業中にバッチリ仕上げますよ」

「おいおい。ちゃんと授業受けろよ……」

と俺が突っ込むと信じられない物を見るような目でこちらを見た。

「っはーっ!?　出現率の低いレアモンスター瀧音さんにだけは言われたくないです!!」

「レアモンってなんだよレアモンって！」

と、俺らがやりとりしていると先輩が笑い出す。

「ふふふっ」

「どうしたんですか、先輩」

「いや、すまない。なんだかこれが幸せなのだろうと思ったんだよ」

ふと結花を見る。急に何言ってんだとでも思っているのだろう。でも俺はその先輩の気持ちがとても良く分かる。

「さあ瀧音、結花。そろそろ走りに行くぞ！」

「了解」

そう言って空を見上げる。ああ、今日は雲一つ無い快晴だ。

基本的に俺たち式部会は学園生に歓迎されない事が多い。それはまぁ学園生の敵として立ちはだかっているわけだから、仕方がないのではあるが。

しかし三会役員や教授達のように事情を知っている者達はそうでは無い。ましてや俺をよく知るクラスメイトのオレンジなんかは今も変わらず接してくれる。しかし。

クラスメイトであるピンクの髪をツインテールにした彼女は、俺を見つけると同時に顔をしかめた。

「何でいんの？」

　第一声から失礼すぎではなかろうか。

「たまに顔を合わせればコレだ」

「一応数日前にお会いしています」

　とななみが補足してくれる。きちんと登校していれば会えるクラスメイトではあるが、大抵ダンジョンに籠《こ》もってるからなぁ。

「来なさすぎだからしかたないんじゃねーの。オレンジなんか今日幸助見かけたラッキーなんて言うし」

　俺は幸せを運ぶ青い鳥に昇華されたのか。結花の言うように一般生徒から見たらレアモンだったのかもしれん。ただ式部会のヤツだ、ということで運が悪いと思われそうだが。

「まーオレンジはともかくアンタ学園に来なさすぎでしょ？」

「一応来てたりはするんだぞ？」

　時間帯が悪かったり、月宮殿《げっきゅうでん》行ってたりするから会わないだけで。

「あっそ。そういえばアンタさ、あの式部会に入ったじゃない？」

「おう、そうだぞ」

そう言って俺は胸を張る。カトリナは「あー」と呟《つぶや》いてから、

「それはおめでとうで良《い》いのよね？」

と言いつつ首をかしげる。

「もちろん、おめでとうでいいんだ。順風満帆だ」

「じゃ、おめでと」

そう言ってぷいっと顔を背ける。ソレが何か知ってる。不器用な彼女なりの祝福である。

「ありがとう、お前は最近どうなんだ？」

「誰かさんのおかげで順調よ。なんか施しを受けてるようでムカつく時もあるけど」

そう言って俺の顔を見る。前教えたダンジョンを攻略しているのだろう。

「施してるつもりは無いんだけどな」

「それはそれでムカつくのよね。言い方とか。何でかしら」

「扱いひどすぎねぇ？」

「生徒会でさ、話を聞いたんだけど」

生徒会ね。

「アンタ、いろんなダンジョンの情報を流しているらしいじゃない？」

まあ、それはその通りである。

「その恩恵にあやかった人がたくさん居るって。副会長も恩恵にあやかったって言ってた。

それでちょっと疑問に思ったの」

ぎろりと睨《にら》み付けるような目でこちらを見る。

「なんで皆《みんな》に教えるわけ？」

「決まってんだろ、皆に強くなって貰いたいからさ。それで、その強者の中で頂点に立つ。最高だろ？」

「はぁー………やっぱアンタの考えてることよくわかんない」

「マジでこの理由だから、考えるだけ無駄だぞ。それよりも生徒会で話を聞いたって言ってたよな」

もしかして声を掛けられたのか。それを尋ねようとしたが、カトリナは俺が言う前に口を挟む。

「最近一緒にダンジョン行ったりしてたからだっつの。あと面倒な野暮用を押しつけられたりしてる……ちょっとアンタ変な事考えて無いわよね？　野暮用だっつの」

野暮用で月宮殿に行くだろうか？　多分俺の予想は当たっているだろう。

「俺はちょうど今から行くとこだよ。三会に用があってな」

「ふーん、まあそれはいいわ。ちょうど良いしアンタに一つ言いたい事があったのよ」

「なんだ？」

「結花が大変な目に遭ったらしいじゃない？　アンタが助けたって」

それはよく一緒に行動している伊織《いおり》から聞いたのか、それとも本人から聞いたのか。

「おう、なんとかなったぞ」

「リュディとかに心配掛けないでよ」

前にも似たような事があった気がする。カトリナはこう見えて他人思いだ。

「……お前も心配してくれたのか？」

「ばーか、アタシに限ってそれは無いわよ。そもそも」

「そもそも？」

「ツクヨミ学園ダンジョンを攻略しているとつくづく思うのよ。アレをソロとか頭おかしいわ。だからアンタがやられることは無いって」

まあ確かに一般人からしたら頭おかしいと思われて仕方がないかも知れないな。

「まあ負けるとしたらアタシにだしね」

「プッ」

「笑ってんじゃ無いわよ。アタシは本気だし。もうすぐ……まあいいや。後で知るでしょ」

「え、ちょっとまてなんだよ？」

「なんでもないっつの」

彼女は俺に背を向け、俺が来た方向へ歩き出した。そして何かを思い出したのか「あーそうだ」と俺を呼ぶ。

「結花の時もそーだけどさ、もし手が必要ならアタシに言いなさい。あんま力になれないかもしれないけれど」

「なーに言ってんだ。カトリナなんて百人力だぞ。何かあったら頼んだぜ。俺も、お前がピンチの時は駆けつけるから安心しろよ」

　手をひらひらさせながら行こうとするカトリナは、一度足を止めるも「………ばーか」と呟き行ってしまった。

「ツンデレですね。私《わたくし》には分かります。ご主人様への愛で胸が張り裂けそうで、思わず逃げてしまった。間違いありません」

「それ本人の前では言うなよ？」

　ちょっと言い過ぎだけどツンデレである事だけは否定しない。なぜか気にしてるんだよな。

　それから二人で歩いているとななみが何かを思い出したように手を叩《たた》いた。

「ご主人様にお聞きしたいことがございました」

「なんだ？」

「現在利用されているランニングマシンに更なる改良を加えられる事が判明したため、機能強化を検討しております」

「結花が知ったらガチギレしそうな案件だな」

なんか先輩が凄《すご》く気に入ってよく使ってるんだよなぁ。メインバトラーが俺になってて小さな幸せを感じた。なんかあの時先輩恥ずかしそうにしてたなぁ。

「実は機能を試験的に追加してみたのですが、なんだと思われますか？」

「もう十分機能は充実してるんだよなぁ。強いて言うならドリンクが自動で出てくるとか？」

タオルとか自動で出てくるとかな。あれば便利だよなぁ。

「さすがです、ご主人様。さすごしゅ。まったくもって見事なご慧眼《けいがん》。ご主人様の専属美少女メイドで幸せです。まったく、ルイージャには爪の垢《あか》を煎《せん》じて飲んで貰いたいですね。よっ、世界のご主人様」

「そ、そうかな」

「ええ、そうです。仰《おっしゃ》るとおり新たに追加予定の機能は対戦《バトル》モードです」

「散々褒めちぎった割りにかすりもしていないよね。バトルなんて一文字も入ってねーぞ！」

あと世界のご主人様ってなんだよ世界のご主人様って。

「ご安心ください、既にベースは完成しており、四つのコースも雪音様が試走しておりますし、最新鋭のＡＩを搭載したノンプレイヤーキャラクターとの戦闘も出来ます」

「絡んでいるのが姉さんじゃない!?」

何してるんだ先輩は！

「またレースを盛り上げるべく毒々しいキノコを摂取すると加速するギミックも作製しています」

マリ○カートじゃねーか！

「なんかヤバイ香りがぷんぷんするんだけど。大丈夫、訴えられない？」

そう言えばこの世界にはなぜか普通にマリ○カートみたいなのあるんだよなぁ。まあエロゲにはモンスター○ンターみたいなの遊んでるヒロインいたし、マリ○カートがあってもおかしくないのか。てかエロゲあるあるだよな、人気のゲームのパロがでるの。

「大丈夫です。『キノコを摂取する事で中枢神経系に作用し、興奮および狂乱状態となって加速する』という設定ですので」

「余計にヤバイわ！　それただのマジックマッシュルームじゃねーか、キノコがエンジン燃焼良くするとかに変えておけ！」

あれ、本家も巨大化するキノコあるし色々ヤバイのか？

「また稀《まれ》に小さな子供がボールを追っかけて飛び出してきたり、横からバイクが飛び出してきたりするモードも作製しましたが、衝突が絶えないので没になりました」

「自動車教習所のシミュレーターかな？」

あれ日本中の危険を一カ所に集めた感あるよな。自殺志願としか思えないモブが多くて混沌《こんとん》としてる。

「それとですね、たまたま同系統のマシンを複数入手できたため、通信対戦も可能となっております」

「なにそれ。正直ちょっと楽しそう」

「それでご主人様にお願いしたいことがございました」

「なんだ？」

「少し手が足りなくなってきたため、私《わたくし》の補佐をする団体を非公式に作ろうと思っておりまして。何名か雇いたいなと」

「いったい何をしてるんだ……他の人に迷惑は掛けないようにするんだぞ」

いつも思うけれど、いつの間に活動してんだ。てかほとんどの時間を一緒に過ごしているよな？

「もちろんでございます。ななみファクトリーとして、生産数世界一を狙います」

「すっごく不安なんだけど大丈夫だよね？　ね？」

「とりあえず言質《げんち》は取りましたので、補佐団体を作りますね。後で文句など仰らないように」

「なんだろう嫌な予感しかしねぇ……」

と、くだらないやりとりをしながら結花との待ち合わせ場所へ行く。

結花と合流したのは、カトリナと別れてすぐの事だった。

「じゃあ、お願いしますね」

「おう、任せろ」

結花が式部会に用があるため、その案内役である。もっとも入り口とかのセキュリティ越えたら後は彼女自身で行って貰う予定だが。

「今日の授業はどうだった？」

「いやーとっても素敵な絵が描けましたよ、太陽と青空をバックに三頭身の瀧音さんが両腕を上げて笑ってるイラストです」

「やっぱり小学生じゃねーか！」

「嘘ですよ、嘘に決まってるじゃないですか。自画自賛しちゃうくらい凄いの出来ましたよ。私の右に出る人はいませんね」

それを聞いたななみがニヤリと笑う。

「ほう……画伯と名を博したななみの実力、見せつけるときが来ましたね」

「俺は初めて聞いたぞ」

生まれてから一度もななみが画伯だったことを聞いたことが無い。でもななみは凄く絵が上手そうなんだよなぁ。カトリナは俺と同じで下手そう。

と、ぐだぐだと話しながら行こうとしたところ、不意に結花が言葉を止める。

視線の先を見て納得した。結花を見るとすっっっごく嫌そうな顔をしていた。

しかし、彼女の視線の先に居るガブリエッラも、天敵に出会ったかのような顔をした。

「運命でしょうか」

ななみが呟《つぶや》く。もし運命なら嫌な運命だと思っただろう。この二人は。

しかし二人の距離は離れている。今からどちらかが相手を避けて違う道へ行くことも可能だが二人が避ける事はあるだろうか。

いや、ないだろう。プライドの高さだけは三強モニカクラスと言われたガブリエッラと、たまーにとても頑固になる結花ではね。うん。

「あら、ごきげんよう瀧音幸助、聖結花、えーと……メイド。景観を破壊していると思ったらあなたたちでしたのね」

ななみの名前が思い出せなかったのかな？　学園じゃすげー有名だから一度は聞いたことあるとは思うんだけどな。

「あーおはようございます、目に入ったゴミかと思ったらガブリエッラさんだったんですね！　ええ、すみませんゴミだと思ってました。あれゴミでしたか？」

あなたたち、なにしてるんですか？　出会って早々に言葉の殴り合いが始まってしまった。

「キィイイ、あなた本当に失礼ですわねっ」

いや、ギャビーも相当失礼だと思う。今は決して口に出してはいけない。

「っはぁーっ？　あなたも相当失礼じゃないですかー？」

「二人とも落ち着けって……」

俺がそう言って止めるとギャビーは俺を睨《にら》む。そして深呼吸すると一歩下がった。

「考えていたことがありましたの」

「なんだ？」

「ただただ勝負するだけではつまらない。そう思いませんこと？　ですからペナルティをつけましょう」

「ペナルティだって？」

「瀧音幸助。あなたがもし私《わたくし》に負けたら、式部少輔《しょう》を降り土下座なさい。聖結花はとりあえず土下座なさい」

「っはーっ!?　そんな条件を瀧音さんが受けるわけ無いじゃないですか!?」

「なら代わりに私《わたくし》はあなた方どちらか一人にでも負けたら……学園を辞めますわ」

ちょっとまて。なんだ、学園を辞めるって!?

「あなたが辞めることによってコッチに利点なんかないじゃないですか」

「私《わたくし》の事が目障りなのでしょう？　ならもう関わらなくなるのですから良《い》いではありま

せんの。それともなんですか？　負けることが恐いんですの？」

「な、恐くなんかは無いですよっ！　そういう問題じゃ無いです」

「ならそれで良いではありませんか」

「学園を辞めるだなんて……どうしたんだ、ガブリエッラ？」

「私《わたくし》はどうしてもど・う・し・て・も、式部卿《きょう》にならなければなりませんの。だから実力を示さなければいけないんです」

ベニート卿と何かあったのだろうか。ちょっと暴走気味のように思える。

「そもそも私《わたくし》が負けることなんて、ありませんわ。ですからその事を考える必要もありません」

「それをベニート卿が許可するのか？」

「実は既に許可は頂いておりますわ。後はあなたの同意、それだけです」

嘘だろ、ベニート卿は何を考えてそう言ったのか。

ああもう、分からん。選択を間違えるとギャビーの性格上、悪い方向に進んでしまいそうだし。もしギャビーの未来を俺に任せるというのであれば、俺が取るべき行動は……。

「ああ、ガブリエッラの覚悟は分かった。その勝負受けよう」

「瀧音さん!?」

結花の顔が信じられないと言っている。

「結花は俺が負けると思ってるのか」

「そんなわけ無いじゃないですかっ、そんなことじゃないです！」

「なら、いいだろう。ガブリエッラ。それでやろう。でも戦うに当たって条件を一つ追加だ」

「なんですの？」

「負けたら俺の言うことを何でも一つ聞け」

ガブリエッラは一瞬はてなマークを頭上に浮かべるもすぐに片手で自分の胸を抱きしめる。そしてキッとこちらを睨んだ。

「………ええ、良いでしょう。裸で踊っても良いですし奴隷になっても良いですわ。そもそも負けることはありませんからね」

「ちょちょちょ、瀧音さん！　なにド変態なこと言ってるんですか通報しますよ！」

なんでお前らは俺がエロい事をする前提なんだよ。いや、変態である事は否定出来ないんだけど。ともかく。

「そうか。ならそれで戦おう」

「ええ、覚悟しておくことですわ。尻尾《しっぽ》をまいて逃げてもいいんですのよ。そしたら式部少輔は私《わたくし》になりますけれど」

そう言ってガブリエッラは歩いて行く。自分が勝利した時のことを考えているのか、時たま高笑いする彼女の後ろ姿を見ながらため息をついた。

……それにしてもこうなったか。ちょっと変な状況なんだけど、ベニート卿はいったい何をしたんだ。

俺が考え事をしている間もブツブツ言っている結花。少しして落ち着いたのかおっさんみたいなため息をついた。

「はぁ、本当にあっちが負けたらどうするんですかね……」

「大丈夫だ、俺に任せとけ」

辞めさせるつもりは無い。

「………あーあ。今日の占いってたしか私が一番でしたよね」

「ええ、一番でした。ラッキーカラーは赤ですね？」

ななみがそう言う。居たのか。珍しくあまり茶々を入れなかったな。

ちなみに俺はそんなに運は良くなかったけど、じゃんけんでは勝った。

「占いなんて当てになりませんね」

「当たるも八卦《はっけ》当たらぬも八卦だからなぁ」

信じてないけど一番だとなぜか嬉《うれ》しいよなぁ。たまに上位以外だと一切信じず、上位だと信じる都合のいい人もいるけど。

「占いとか気にするのか？」

「まあんまり気にしませんけど……ただ桜《さくら》さんの占いは何となく信憑性《しんぴょうせい》がありますね」

「ああ、司書の桜さん？」

「ええそうです。桜さんの占いは当たるんですよねぇ。前にお兄ちゃんの出来事がかなり細かく当たって驚きました」

「へぇーそうなのか？」

「そうですよ、それも二回も」

「そうか。桜さんには占いをよくして貰《もら》うのか？」

「いいえ、たまにですよ。お兄ちゃんはかなり逢《あ》い引《び》きしてるみたいなので、何度も占って貰っているかも知れないですね」

「逢い引き……素敵な言い方ですね。ご主人様としたいです」

二人で会うことなら、毎日のようにしてるんだけどな。

「あーもう……この後も色々しなきゃなのに気分が本調子じゃないんですけど……」

「おいおい、これから式部会のお兄様のところへ行くんだぞ？」

以前助けて貰ったときのお礼を言いたいとかなんとかだったろう？　ベニート卿も用があるって言ってたしちょうど良かったんだよな。

てかベニート卿の用ってなんだろう。結花のことだからガブリエッラの事か。もしくは式部会に？

「あーそのときまでには落ち着かせます。ごめんなさい、瀧音さん」

「気にするな」

一応俺を庇《かば》ってこうなってるしなぁ、後で何か奢《おご》ってあげよう。

「ああ、そうだご主人様」

「ん、なんだ？」

「ななみはご主人様のご命令はいつでもウェルカムですよ。スカートをたくし上げろというのでしたら――――」

「さ。行こうか」

三章　風紀会

月宮殿《げっきゅうでん》には生徒会、風紀会、式部会の本部があり、一般生徒は基本入ることが出来ない。一般生徒達に聞かれてはいけない事を話したり、何らかの会議をする際はよく利用される。そのため三会の誰かをダンジョン攻略のパーティに誘う際、また何らかのイベントの際に月宮殿へ来ることが多い。三会入りした生徒は大抵ここにいる。

結花《ゆいか》を式部会の前まで送り届けると、俺は風紀会室へいく。

そこには一人の男性がいた。ななみは彼に礼をする。

「よう、やってるか？」

そう言って声を掛けてきたのは風紀会の男性キャラである。一応三会すべてに男性キャラは居るが、ごく少数だ。それはエロゲだから残当である。

「ホルガーさん、こんにちは」

もちろん彼らには既に恋人がいたり、自分の事にしか興味が無かったりでヒロイン達と何らかが起こる可能性は少ない。

てか前もって告知せずにNTRなんて出したら、何年にもわたってネタにされる大炎上をする事は間違いないだろう。

あと敵に寝返って戻ってこなくなるのは心的にも戦力的にもヤメテ（血涙）。

「ええ、何もする事がありませんよ」

「がっはっは！　そいつは良かった」

彼の見た目は高身長、筋肉質、スキンヘッドである。当たり前のように紳士淑女達《エロゲプレイヤー》はハゲと呼んでいる。

「なんか困ったことがあったらワシに言うんだぞ」

「ありがとうございます。聞いておきたかったことがあるんですが、リュディはどうですか」

「トレーフルか。彼女は素晴らしいな。実力は一年生で頭二つ分は抜けており、二年に交ぜても遜色《そんしょく》ない」

「何より非常に真面目である事が好印象であります」

その声に俺の心が躍る。

すぐに声の方を見るとそこには大きな盾を背負った一人の美女がいた。

「エスメラルダさん。初めまして瀧音幸助《たきおとこうすけ》です。そして」

「メイドのななみでございます」

うぉぉぉおおおお、鉄壁さんだ。鉄壁さんだよな。あの鉄壁さんだよ。

つり目の美人で少し強面《こわもて》に見えるが、実はお笑いが好きで、動物が大好きで、段ボール箱に入った捨て犬を見て泣きそうになりながら『寮暮らしで飼えない』と里親を探す鉄壁さんだ。

「自分を存じておったか。エスメラルダであります、初めまして瀧音殿、ななみ殿。噂はかねがね……お会いできる日を心待ちにしておりました」

そう言って彼女は俺に手を差し出す。俺がその手を握り返すと彼女は今度はななみに手を差し出した。すぐにななみも彼女と握手を交わす。

「風紀会の盾であるエスメラルダさんに名前を覚えていただけて嬉しいです。若輩者ですがこれからお願いします」

風紀会の鉄壁さんことエスメラルダさんは、見た目通りの壁役で、攻撃を受けるのが得意なキャラだ。守りに関してだけ言えば三強クラスで、瀧音幸助とハゲことホルガーさんを補欠に追いやる一番の原因キャラでもある。

「こちらこそよろしくお願い致す」

「それでリュディはもう風紀会の仕事を始めたんですか？」

「ああ。学園内で魔法を使用した喧嘩《けんか》が起きたのだが……見事に解決していたであります」

風紀会は学園内の治安を守ることを目的としており、もし魔法を使用しての喧嘩などが発生した場合、それを迅速に導かなければならない。

「さすがリュディ様ですね」

ななみが相づちをうつ。

ゲームではそういった争いごとの際に、学園生と戦うイベントが発生したりする。ただしモブ生徒二人が喧嘩していたのに、そのモブ達はなぜか急にタッグを組んで攻撃してくる。なんでさっきまで喧嘩していた二人組がチームになって戦闘に入るのか、コレガワカラナイ。

「噂をすれば……当の本人が来たようです」

入室してきたのはリュディと水守《みずもり》先輩、そして聖女だった。

「ステフ隊長……お疲れ様です。先輩とリュディもお疲れ様」

「ごきげんよう瀧音幸助。ごめんなさい、早急に終わらせなければならない事があるの」

こちらを一瞥《いちべつ》した聖女は淡々とそう話し、一人奥の部屋に入っていく。

そして残ったリュディ、そして先輩が俺らの方に近づいて来た。

「幸助様はどうされたのかしら。ちょうど私たちもあなたのことをお話ししていたのよ」

どうやらリュディはまだ猫かぶりモードらしい。いつの間にか猫は居なくなってるであろうが。

「ああ、聖女様に少し用事があって。時間が掛かるだろうか……それならまた改めてにしようかと」

先輩は首を振る。

「いや、ステフ隊長はすぐ終わるだろう。その後に話せばいい。それでだ」

「はあ」

「もう少し先の話なのだが頼みたいことがある」

「今日でも構いませんよ。アイヴィさんと約束があるのでそれが終わったらですが」

「いや、急いでないから後でいい。実はリュディをアネモーヌ大丞《たいじょう》の所まで連れて行って欲しいのだ。これから一緒に仕事をする機会が増えるだろうし挨拶《あいさつ》がてらな。瀧音はよく知っているだろう？」

少し驚いた。まさか先輩の口からエッロサイエンティストの名前が出るなんて。彼女のことは多分誰よりも知ってる。

「えーと、知っているか知らないかで言えば、知っています。別にそれは構わないんだけれど……お願いしたい用事もあったし」

「構わないけれど？」

そう言ってリュディは首をかしげる。

「実はまだ会ったことないんですよね。むしろ紫苑《しおん》さんとベニート卿《きょう》以外が来たところを見たことがないです」

「さすが式部会であります」

「うむ、式部会だ」

エスメラルダさんもホルガーさんも苦笑いだ。

「……大丈夫だろうか……いや瀧音なら大丈夫か？」

「大丈夫ですよ、噂は聞いていますから」

彼女はとてつもなく癖が強いからなぁ。リュディ一人で行かせでもしたら何が起こるか分からない。

「そうか、ではお願いして良いだろうか」

「ええ、構いません」

「リュディは会ったことないのか？」

そう聞くとリュディは「いえ」と呟く。

「お会いしたことはありますが……簡単な挨拶程度ですね」

出身国が同じだし、アネモーヌは一応貴族だし、会ったことはあるか。

「知識や能力は凄《すご》いのだが、尊敬が出来るかと問われれば……」

と先輩がぼやく。一般人からしたらそうかも知れないが、紳士淑女《エロゲプレイヤー》達は尊敬しております。

「ベニートはよくまとめてるとワシは思うぞ」

「確かにベニート卿はとても素晴らしい、目標とするなら彼を見習うのがいいかと」

エスメラルダさんはそう言いながら頷《うなず》く。

「お前は式部会へ行ければ良かったんだがな」

ホルガーさんは防御力が低そうな頭を掻《か》きながらそう呟く。

「エスメラルダさんは式部会志望だったのですか？」

リュディが尋ねると、彼女は頷いた。

「ああ、出来ることならベニート卿のもとで活動したかったのだが……」

「こいつはベニート卿の信者だからなぁ」

「信者ほどでは無いが、とても尊敬出来る立派な御仁かと……また自分は誰を目標にしているかを問われるなら、卿を挙げます」

「意外です。てっきりモニカ会長だと思っておりました」

「もちろんモニカ様も知識、実力、統率力、どれもこれも素晴らしい御仁であらせられますが、卿はまた違った点で尊敬が出来るのです」

「違った点？」

「はい。式部会であらせられながら、誰よりも生徒の事を考える。心優しくそして面倒見がいい。モニカ様ほどでは無いにしろ実力もある。風紀会や生徒会の会長は適任でしょう。しかし、ですっ!!」

彼女はしかしの語尾を強める。

「彼は式部会に入りました。生徒の敵になるという式部会で様々な葛藤《かっとう》もあったかと思われます。自分も散々罵倒《ばとう》されているところを見ました」

更に彼女は続ける。

「自分の知らないところで大変なことがいくつもあったでしょう。しかし、彼は完璧《かんぺき》と言えるぐらい見事にこなしてしまった!!　そして何事も無かったかのように飄々《ひょうひょう》としている!!」

「がっはっは、お主の尊敬する思いは分かった、だから落ち着け」

「す、すみません。まあ、そういう理由もあって自分は少しだけ瀧音殿がうらやましい」

これだけ尊敬していてもベニート卿に対して恋愛感情は一切無いって言っちゃうんだよなぁ。実際無いようだし。ベニート卿も彼女に恋愛感情が無さそうだし。

「エスメラルダ様は式部会に入会することは考えられなかったのですか？」

となみが問う。

「自分の性格上、式部会が辛《つら》いことが分かっておりましたので……」

確かにエスメラルダさんは正義感が強いし嘘をつくのが苦手だ。式部会は性格的に合わないだろう。だけどそこがエスメラルダさんの素敵なところでもある。

「すまないがそろそろ話を戻して良いか？」

と先輩が言うとエスメラルダさんが謝る。

「それで、アネモーヌ大丞だ。あの方はとても個性的でな。リュディ一人で行かせるのは心配だが、瀧音もななみも居るからなんとかなるだろう。頼んだぞ」

いや、ななみとは変な化学反応起こして未知の世界を繰り出しそうな気もするが……まあなんとかなるだろ。

「大丈夫ですよ、それよりもステフ隊長ってもう用件は終わりましたかね？」

「通話で報告を受けるだけのはずだから、多分大丈夫だろう。私もついて行く」

軽く挨拶を交わし、先輩と二人で聖女の下へ行く。そして会長部屋である彼女の私室へ向かった。

どうやらしなければならない事はすでに終わっているようだった。彼女は自分のツクヨミトラベラーを見ながらコーヒーを飲んでいる。

ただ来ることを歓迎している訳ではないようで、入室した俺を見てあからさまにため息をついた。

「ああ、あなたね。ごきげんよう。何もないところですけどどうぞ」

普段の猫を被《かぶ》る聖女とはかけ離れた、心底どうでも良さそうで素っ気ない対応だ。一般生徒が見たら卒倒するかも知れない。

俺が先輩に目を向けると、ほらここに座れと椅子を引いてくれた。ななみは立っていようとしたが、話が長くなる可能性もあったので座ってもらう。

「ありがとうございます」

「一応言っておくわ。式部少輔《しょう》への就任おめでとう、がんばんなさい将来の式部卿」

「ありがとうございます。自身には身に余る大役かと存じますが、名に恥じないよう精一杯務め上げたいと思います」

「……そ」

「ああ、瀧音。隊長は怒っているわけではない。あまり硬くならなくて大丈夫だ」

「そうね、別に怒ってないわ。あなたが丁寧な話し方が出来て驚いたのはあるけれど」

怒っていないのは確かだろう。ただこちらに無関心なのだ。でも彼女の境遇を考えたら無関心になることもわかる。

「それで、今日はどのような理由で？」

「簡単にご挨拶と今後の方針についてお話ししたいと思いまして」

「ふぅん。あなたの立ち回りをどうするかという事かしら」

「話が早くて助かります」

「まあそれを聞くのは良いわ。ただし、言いたいことがあるの」

「言いたいことですか？」

「あなたが何かをするのは結構。でもこちらの足を引っ張るような行為はしないでいただけない？　あなた方式部会はそれはもう好きなように行動しているようだけど、こちらにも配慮していただきたいわ。面倒なの」

　仰《おつしや》るとおりである。

「確かに以前の行動で、学園ダンジョンで規制しなければならなくなったことは謝ります。ただ今後は大きく動く際には相談いたしますのでご安心ください」

「ま、理解されているようでしたら、それでいいの……」

　そう言って俺の体をまじまじと見てくる聖女。

　ファンクラブがあるくらいだ。ステフ聖女は美人である。まあエロゲにおいて大抵の登場人物はみんな可愛くて綺麗《きれい》であるのだが。

　そんな聖女にこう見られるのは、なんだか少し恥ずかしいというか興奮するというか。てかなんでそんな熱視線をこちらに向けるのだ？

「あなたは今の私を見て何も思わないの？」

「思う？　ああ、聖女様は素敵な女性ですよね。普段はおしとやかで素敵ですけど、今は美しさの中に強さが見えて、より素敵に見えます」

「あなたねぇ……」

　ちょっと適当に答えすぎただろうか。

「ああ、質問はどう思うかでしたか？　そうですね聖女様の新たな一面が見られて、うれしく思います」

　俺の言葉は想像の斜め上だったのだろう。ステフ聖女は大きくため息をつくと、こめかみに手をあてる。

「…………あなたはベニートみたいなことを言うのね」

　さすがはベニート卿と言わざるを得ない。俺は彼女についてよく知っているから軽口をたたけるのであって、ベニート卿はどうだ？　よくもまあそんなことが言えたものだ。場合によっては絶対零度の視線でヒヤッヒヤにさらされかねないっていうのに。

　いやベニート卿は法国《ほうこく》貴族だからこそある程度知っているのかもしれないな。彼女の境遇を知ればなんとかしてあげたくなるから。

　だからこそ彼はあの聖女イベントでこちらに付くのだろう。

　本来ならベニート卿は実家の立場があるから、聖女イベントで敵になってしかるべきである。なのに彼は味方にいるし、むしろ生徒会長と並んで一番に協力を申し出るキャラだ。

　それでいて聖女に関して「恋愛感情は無い」って言ってるんだよなぁ。本当に無いのだろうか。

「……あなたと話していると、調子が狂うわ。それで用件は何？」

　聖女は大きなため息をつくと、そう言って話を変えた。

「ええ、ちょっと今後どのようにして学園内ですごそうか考えたんですけど……至った結論がちょっとアレなもので……。先に許可を得ようかと思ったんです」

「アレ、ね……なにかしら？」

「実は今話していたように三会関係の女性に軽口で接しようかなと、またナンパまがいの事もさせていただこうかと」

　空気が凍った。変な解釈できるようにそう言ったから、俺がわざとこの空間を生み出したと言って良いのだが。

「ねえ、もう一度言ってくれない？」

「……どういう真意だ？」

　先輩も、胡散臭《うさんくさ》いものを見るようなジト目だ。正直たまらない。

「具体的に言うと、三会関係の女性を口説いているように見せかけようかと思うんです」

「……理由を聞かせてくれ」

「いやぁ自分を客観的に見ると、可愛いメイドを連れていながら、リュディにちょっかいをかける男に見られてると思うんですよ」

　現時点で。

「ご主人様ったら可愛いメイドだなんて……今日はななみスペシャルBですね、爪楊枝《つまようじ》とロープを用意しなければ」

「急に話に乗ってきたと思いきや、意味深な発言するのやめてくれる？　ここだと勘違いする人出てくるから」

主に聖女。すでにドン引きしてる。でもまあ、打ち合せ通りっちゃ打ち合せ通りなんだけど。

てか割と真面目にななみスペシャルBってなんですかね。爪楊枝とロープを使ってナニをするんですかね。

「……ええと、ななみのボケはスルーして、真面目な話、俺はそう見られてるんです。で、ふと思ったんです、逆にそれを利用すればと」

もう、いっそのこと開き直ろう。とりあえず口説くキャラでいこう。という作戦である。

「これならずっとリュディや先輩のそばにいても、不自然じゃないんですよね。またコイツつきまとって口説いてるのかとか思わせておけば良《い》いですし」

聖女はあまり興味がなさそうな顔で、へえと呟く。

「まあ思ったより良い方法かもね……他者から見れば花邑《はなむら》家の者を無下に出来ない、雪音《ゆきね》達は仕方なく関わってあげている雰囲気を出せる。彼女たちはかわいそう、瀧音幸助ウザい。でも何か問題が起きたらどうするのかしら？」

「だから口説くのを三会関係の人にしようかと思ってるんです。近くに風紀会や生徒会がいるのに行動を起こしたりしますか？　多少の抑止力になってくれるのではないでしょうか」

なるほど、と先輩が言う。

「私達がそこにいるなら、場が盛り上がりすぎてしまっても『瀧音を注意』することで冷めさせることも出来そうだな……」

「ええ、これで怒りを買いながら、場をある程度制御出来る」

何より先輩やリュディと一緒にいることが不自然じゃない。

聖女はふと何かを思い出したかのように顔を上げる。

「ちょっと待ちなさい…………口説くふりの対象って三会の女性メンバーって言ったかしら？」

「ええ、ステファーニア様ファンクラブもございますし、生徒会長と並んで筆頭ですね。ああ、一緒に行動したいリュディや先輩を除いての筆頭ですが。任せてください。気分が良くなるぐらいに口説いてみせますから」

聖女は嫌悪感を隠そうともしなかった。

「あと一つ言っておかなければならないことが……先輩、ななみ」

「なんだ」

「少しの間、席を外して貰《もら》えませんか？」

「……分かった」

「ステファーニア聖女様、危険を感じたらすぐにお呼びください」

「ご主人様を信用しろ……」

それから二人が退出するのを見届けると、聖女はため息をつく。

「それで、雪音達を外させてまで話したい事ってなにかしら」

「聖女様、まず、質問からよろしいですか」

「……なにかしら？」

本当にめんどくさそうに答えるステフ聖女。

「自由とはなんだと思いますか？」

「なんでそんなことを答えなければならないの？」

「すみません、どうしても聞きたくて……答えたくなければ結構です」

「……そ。まあいいわ。あなたが何を意図して言っているのか分かりかねるけれど、自由とはあなたのような人達の事よ」

「ならば聖女様は今の自分をどう思っておられますか？」

少しだけ怒らせてしまったのだろうか。眉《まゆ》がピクリと動いた。

「なぜあなたに答えなければならないの」

仰るとおりだと思う。

「じゃあ今は楽しいですか？」

「……」

　聖女は答えないけれど、もちろん知っている。

「俺はですね、楽しいです。それで出来ることなら周りにいる人達にも笑っていて貰いたいんです」

「……夢物語で理想の押しつけね」

「ええ理解しています。だから俺は今必死に力を求めている」

　それを叶《かな》えるために危険なのを理解していてツクヨミ学園ダンジョンへいったのだ。

「何を言っているのか分からないけれど、小さな力があったって、無駄よ。あなたがなんとかできる人はいるかも知れない。でもね、皆は無理。なぜならこの世界には巨大な悪があって、それには勝てないの」

「知ってますよ、その悪を人々が信用してしまっている。だから、たちが悪いんですよね」

　これはゲーム内でステフ聖女が言う言葉だ。だからだろう。聖女は驚愕《きょうがく》していた。でも俺はたたみかける。

「聖女様は今の聖女というシステムをどう思ってらっしゃいますか」

　彼女は驚きで思考が追いついていないのだろう。だって内情を知っているヤツなんて、ほぼ居ないと思っていたんだから。

「俺は思います。こんなシステムはクソだと。だから言わせて下さい。こんな悪、根本からぶっ潰《つぶ》してやると」

「ちょ、あなたいったい何を言ってるの……いえ、何を知っているの？」

こんなに焦った聖女を先輩は見たことがあるだろうか。多分無いだろう。

「すべてですかね……ついでに未来も知っています」

「未来って……あなたねぇ」

彼女を助けるための鍵《かぎ》『初代聖女の血縁者である結花』がいる。後必要なのは俺たちの力だけだ。そして力を得たら、必ず助ける。俺は滝でそう決意したのだ。

「未来では、ステフ聖女は心の底から楽しそうに笑っていますよ」

そしてそのステファーニア様が一番魅力的な姿だって事も俺は知っている。聖女が何かを言う前に俺はきびすを返し退室した。

部屋の外では先輩とななみが待っていた。

「瀧音」

先輩はななみを気にしていたので一時的に離れて貰うように言う。ななみが見えなくなったことを確認した先輩はこちらを向き、「そ、その」と歯切れ悪く何かを言う。ほんのり顔が赤い気がした。

「その、私を口説くことは必要か？　リュディや隊長であればファンクラブもあるし二人とも美人だし。後はモニカ会長も分かる。でも私が口説かれても……ほ、ほら、こんな見た目だし……」

　なんだそんなことかと、思わずため息をつく。

「何を言ってるんですか先輩。俺が先輩の良いところを挙げたら朝になってるどころか、人間の一生では足りませんよ」

「いったいどれだけ私を褒めるんだ!?」

　なんで先輩のことを本気で口説くキャラは居ないのだろう、ファンクラブは無いのだろう。これだけ素敵な人なのに。まあエロゲだからしかたないか。あれ、憧《あこが》れてる人はいたんだったかな?

「まあ多少嘘を言いましたが、九割九分本心です」

「……ほぼ全部じゃないか」

「先輩、これからもよろしくお願いします」


「ようこそ新聞部へ。まってたよたっきー★」

　先輩と別れ、今度は新聞部だ。前々から約束していた取材を、別の用件があり学園に来る予定だったから今日にして貰ったのだ。

　やたらハイテンションでいきなりあだ名呼ばわりするアイヴィに思わずため息をつく。

　そんな俺にはお構いなしに目元でピースする兎族アイヴィ。ななみもお返しとばかりに目元でピースして返す。キャッキャしてて楽しそうだが、なんだこの挨拶《あいさつ》。

「ななみ、張り合わなくて良いんだぞ……？」

「何言ってるんだよたっきー★　僕たちマブダチだよね、ななみん♪」

「駄兎がっ、気安く呼ばないでいただけますか？」

今二人でキャッキャ言い合ってたじゃないか。切り替え早すぎだろっ。でもアイヴィは笑うんだな。

「うっひーななみん恐ーい！　ぴょぴょーん！」

やべーアイヴィさんに呑《の》まれそう。

「……早速なんですけど、本題に行きませんか？」

「仕方がないなー。準備は出来てるよ。ばっちしっ！」

決めポーズをしないと死んでしまう病気にでもかかっているのだろうか。

そういえば「たっきー」は確定なんだな。

「じゃあ早速なんだけどね、インタビューしちゃおっか。赤裸々に語っちゃって良いよ！

いーっぱい盛って修正しておくから」

「盛って修正しちゃうんですね……」

「盛った方がウケがいいんだよっ！　じゃあまず自己紹介からかなぁ～」

「以前新聞部に速報出た通りなんですけど。式部少輔《しょう》の瀧音幸助です。一応花邑家の人間って事になるのかな」

「うんうん、そんな感じでいいよ。ありがとー！　まあここら辺は決まり文句みたいなモノだから適当で！　では続いて三会についていきまっしょぉい！」

ほんとテンション高いな。

「式部会の式部少輔に任命されましたが、どういったお気持ちですかねっ。あ、この辺りは後ほどベニート卿《きょう》とも相談して内容を変えるかもしれないのでよろしくね！」

「それインタビューする意味あるんですかね？」

「基本はたっきーの言葉だよっ。でも式部会的に発言を見直したほうがいいなって思った時は変えちゃうから。一応変える前に報告はするけどね！」

確かに式部会という特殊なフィルターは必要か。読者も色眼鏡かけて見るだろうし。まあ下手に変な事を喋ってそのまま載せられるよりは、他者に精査して貰った方が良いし、任せてしまおう。

一応、式部会っぽく答えるとすれば。

「分かりました、修正はお願いします。まあそれっぽく答えるとすれば『とても歴史ある式部会に名を刻めた事は非常に光栄です。まあ選ばれたのは当然ですが』なんてのはどうですかね？」

「うーん、式部会らしくてイイよぉ！　いやぁたっきー最高。そう言って貰えるとすっごく助かる。後で調整する手間が省けるからねっ！」

そう言って彼女は持っていた資料に視線を移す。

「じゃぁ次は……ダンジョン攻略のお話！　デデンッ！　ソロ四十層という、とてつもない記録を打ち立てたけど、たっきーはそれについてどう思ってますか」

「当然皆いけますよね？　………だなんて言ったらモニカ会長頭抱えるんですかね？　でも式部会らしいセリフってそんな感じですよね」

煽《あお》り過ぎると実力が無いのに無理して進もうとする人が出るかな？

「ああ、そっかぁ……生徒会と風紀会が頭抱えるかもぉ。うーん何言っても油注いじゃいそうだなぁ。でも面白そーだし、モニたんから許可下りたら掲載しちゃおーっと」

そう言って彼女はメモを取る。モニたんって可愛い呼び方だな。

「じゃあ続いての質問！　デデンッ！　どんな女性がタイプですか、キャーッ！」

両手を頬に当てクネクネと動くアイヴィ。

三会の皆を口説くための伏線にできそうだな、と思っていると横から視線を感じてそちらを見る。

ななみが私《わたくし》に任せてくださいと目線を送っているではないか。

なんだかいやな予感もするけど、とりあえず任せてみるか。

「アイヴィ様。ご主人様は恥ずかしがっておられるので、僭越《せんえつ》ながら私《わたくし》が。ご主人様がお好きなのは銀髪ですね。長さはショートが望ましいです」

すごく見覚えのある特徴を喋られて、思わず目線がななみに行く。しかし彼女は微動だにしない。

「ちょっと冷たい印象を与えるかもしれない目がチャーミングで好きとのこと、ちなみに好きな瞳《ひとみ》の色は赤紫青紫のオッドアイです。そして太ももが強調されたメイド服を着ている、ななみがタイプだそうです」

「ななみじゃねえかって突っ込もうかと思ったら、やっぱりななみだった！　まあ否定はしないけどさ」

銀髪メイドとか最高だよな。あれ、…………ななみ、なんか体がこっちに寄ってきてない？

「仲良くてうらやましいですねぇ……でもちょっとここ変えても良いですか？　むしろ何言われても最初からこれでいこうかと思ってたんですけど」

それ聞く意味全くないんじゃないかな？

「変えるというと？」

「リュディちゃんの特徴を入れてリュディちゃんをタイプにしたいなぁと」

「構いませんよ、今後活動する上でそれは良い方向に行きそうな気がするので。モニカ会長とかも有りですよね？　人選はお任せします」

「うんうん、理解が早くて助かるよ〜！　皆に許可を取っとくね、じゃあ次はぁーっと！」

それから数個質問を受けて式部会の一員っぽく答えると、インタビューはそれで終わった。そしてすぐ雑談に切り替わる。

「いやぁ、いーっつもいい人を三会に取られちゃうんだよねぇ、まあ去年はすっごく良い子が来てくれてちょー助かっちゃったんだけどね！」

「三会は魅力的ですからね」

「ほんっとだよぉ。就職でもかなり優遇してもらえるしぃ！　うちも少しは有利なんだけど……やっぱり三会には及ばないんだよねぇ、うらやましいっ！」

「でも、アイヴィさんの実力なら三会に入れたのでは？」

俺がそう言うと、アイヴィの目が怪しく光る。

「へぇぇ、そー見えるかな？」

「見えますよ」

少なくともメインヒロインに肉薄する能力はあるはずだ。まあ忍者という職業のスキルのおかげではあるが。

「ふふっありがとっ！　そういえば三会と言えばなんだけど、たっきーは居心地どうかな？　あそこってかなり情報規制してるじゃん？　たっきーも知らされてないこととかあるでしょ？　もしくはなーんかいやになったりしてこっちに来たくなったりしない？」

「式部会を辞めることは考えてないですね」

「そっか。ふぅーん、ちょっと残念！　なら式部会のままでもいいんだけど、ジャーナリストに興味無い？」

「それもないですねぇ」

　アイヴィはそうだよね、とため息をつく。

「一年生でめぼしい子、まだ見つけてないんだよねぇーくぅぅぅ――。もし良い子いたら紹介してくれないかなっ！」

　一応、紹介しようと思えば出来るっちゃ出来るんだが、まだ話したことないんだよな。

　どうしようかと悩んでいるとアイヴィはぽんと手を叩《たた》く。

「あっ、そうそうたっきーたっきー。さっきのめぼしい子で思い出したんだけど、たっきーは知ってる？」

「何をですか？」

「キミには劣るけど、注目株の男の子っ、聖《ひじり》伊《い》織《おり》君のこと！」

「何の事ですか？」

「昨日の話はさすがに聞いてないよね？」

　そう言ってアイヴィは俺の顔をのぞき込む。

「聞いてないですね」

「ほっほーじゃあ教えてあげる。彼のパーティね、ついにツクヨミダンジョンの三十五層を超えたらしいよ？」

「へぇ……」

思わずにやけてしまう。攻略にはもう少しかかると思っていた。彼は俺のような知識は無いから。けれど、階層的にはもう目前まで迫っていた。

伊織は第一次成長の真っ最中だ。数日後に四十層を超えたって驚きはしない。

「たっきー、どうしたの？　あーもしかして焦ってる？」

「いや、焦ってませんよ。嬉《うれ》しいぐらいですね」

「え、嬉しいのー？」

「ご主人様はドMですから」

「ななみは何を言ってるんだ」

ただし、Mである事は否定しない。

「友人が頑張って結果を残してる、それだけで嬉しいんですよ。それに……」

「それにー？」

「誰が相手でも、俺は勝っていずれ最強に至るんですから」

四章　エッロサイエンティスト　アネモーヌ

CONFIG

Magical Explorer
Reincarnated as a Eroge Hero's Friend, I'll live freely with my Eroge knowledge.

ゲームで一番お世話になったキャラクターは誰だろうか。

色んな意味を含めれば、多分先輩であろう。先輩の何もかもが俺のツボにはまっていたし、三強とも呼ばれる強さを手に入れられる彼女は常に使用率上位のキャラクターだった。

ダンジョン攻略を考えればななみが非常に高い位置にいる。

能力の汎用性《はんようせい》は主人公伊織《いおり》並みで、育てた伊織となななみがいればほぼすべてのダンジョンを攻略出来るどころか、お宝回収や素材回収も可能になる。

恋愛的な意味で言えばリュディが非常に高い位置にいるだろうか。男のツボをぐっと押さえてくる彼女にあらがえる者はそうそういない。

しかしエッッッな感じでお世話になったと言えば、やはり彼女だろう。

授業が終わったリュディと合流し、その彼女のいる研究所へ向かう。ある意味で一番ぶっ飛んだキャラだから、少し不安もある。とはいえ初対面だ。さすがにあまりに変な事はしないだろう。

「第一研究室はこちらのようですね」

ツクヨミトラベラーで確認したななみはそう言う。建物内は明るく清潔ではあったが、なぜか人に会わない。彼女に近づきたくないのだろうか。

自動でスライドするドアをいくつか通り過ぎ、ようやく目的の場所へたどり着いた。

そこにいたのは眼鏡をかけた女性と、全身がアロマセラピーの女性、そして主目的だったダークエルフの女性でエッロサイエンティストでもあり式部会大丞《たいじょう》の彼女だった。

「やあ、待っていたよ。瀧音《たきおと》君、リュディヴィーヌ殿下。式部会、大丞のアネモーヌ・ド・ラ・セルダだ。ああ、私は名字が嫌いでね、アネモーヌと呼んでくれ」

そう言ってアネモーヌはにっこり笑った。

アネモーヌは、コアなファンが多いダークエルフの女性である。背の高さはクラリスさん並みであろうか。ただスレンダーなクラリスさんと違い胸は大きい。

「初めまして、式部少《しょう》輔の瀧音幸助《こうすけ》です」

「……風紀会副会長を拝命しました、リュディヴィーヌです。お久しぶりでございます」

「幸助ご主人様に仕えております、美少女メイドななみです」

「ああ、会いたかったよ、後輩君達。君とななみさんの噂はかねがね聞いているぞ。そしてリュディヴィーヌ殿下、以前お目にかかったのは十年以上前か、ずいぶんお綺麗《きれい》になった」

「そんな、アネモーヌ様もお綺麗ではありませんか」

アネモーヌはもちろん美人ではあるが、妖艶《ようえん》という言葉が似合うと思う。

「ふふ。何、私に敬語は不要だよ。後輩君もだ、いいね？」

「はい。ではアネモーヌさんで。それにしても今日はなかなかのメンバーがそろってますね」

俺は後ろにいる眼鏡の女性と、ポテチを背に隠し顔をそらしながら言葉を発しないピンク髪の先生を見つめる。

「こんにちは瀧音君、リュディヴィーヌ様、ななみさん」

くいっと眼鏡をあげながら、にこりと笑うフラン副会長。

「…………こんにちは」

なぜか目線を合わせないルイージャ先生。

エッロサイエンティストとルイージャ先生。いやな予感がする組み合わせだ。見なかったことにしよう。まあ無理だよな。

「フラン副会長はどうされたんですか？」

「ええ、本日は生徒会からお願いしていた物ができたとのことで、それを回収しに来たのです。アネモーヌ大丞は素晴らしい物を作ってくださいますよ。ただ、たまに目的の品とは別で、変な物を渡されるんですけどね」

俺たち紳士淑女《エロゲプレイヤー》からすれば、変な物の方が欲しいし、むしろ依頼して作って貰《もら》うんだけどな。

「変な物とはなんだ、変な物とは。素晴らしい物ばかりではないか。ちなみに君らはルイージャ先生が気になっているようだが、まあ色々あるんだよ」

「うっわ………」

なんだろう、いやな予感しかしない。リュディは俺の立場が分かっているから、俺とななみのいやそうな表情を見て苦笑している。笑っているアネモーヌも俺とルイージャ先生の関係を知っているのだろう。そして状況が分からないフラン副会長だけが首をかしげていた。

思わずそう呟くと、ルイージャ先生は慌てて、もう、と言いたげな顔でアネモーヌを見た。身長の高いアネモーヌと低いルイージャ先生を見ていると、どちらが教師か分からない。

「それで、今日は自分に用事があるとの事だったが」

チラリとリュディを見る。リュディは頷《うなず》くと、まずは私からと、収納袋をそのままアネモーヌに渡した。

「風紀会からです」

「ああ、届いたのか。いやぁ、これで作ることが出来るよ。ありがとう！」

「ちなみに何を作られるのですか？」

多分、リュディは深く考えず、興味本位で聞いたのだろう。

「これか、ふふっ。女性を拘束する触手爆弾を作るために必要な道具さ。うむ、想像するだけで素晴らしいな」

……………………。

いきなりどでかいのが来た。この空気どうするんだろう。初っぱなからぶっ飛ばしすぎだろ。アネモーヌと出会って十分も経過してないよな？

せめてゼロから一に行ってくれ、ゼロからいきなり百までぶっ飛ぶようなことは言わないで欲しい。ほら、リュディ絶句だよ。フラン副会長とルイージャ先生は慣れてるのかジト目で見ているだけだけど。

「ねえ幸助。私って、触手の材料を運んでいたの……？」

リュディのショックは大きそうだ。多分先輩も知らなかったと思う。知っていたら他人に被害が行かないよう自分で持って来てただろうし。

それにしても、触手か。非常に、とてつもなく、死ぬほど気になるが、何も聞かなかったことにしよう。俺以外の皆の目がヤバイ。ただし、できあがったらこっそり購入を検討しなければならない。

「どうだ、欲しくなったか？」

めちゃくちゃ欲しいよ。でもどうして俺が何事も無かったかのように振る舞っているのに、貴方《あなた》は話しかけてくるの？　わざとだよね。そしてすっごく良《い》い笑顔でこっちを見ないでくれ。

「素晴らしいアイテムです、ご主人様にぴったりですね」

どこがぴったりなのか小一時間問い詰めたい。

「……アホなこと言ってないで、さっさと話進めようぜ」

だが欲しいことは否定しないし、なんなら開発援助してもいいぐらいだが。

「それで、後輩君の用はなんだったんだい？」

「ああそうでした」

あまりにインパクトが強すぎて、なんのためにここに来たのか分からなくなっていた。

「ええと、どうしても作っていただきたい物があるんです」

「ほう、自分に作って貰いたい物、ね？」

マジエクでは、いくつかある研究所へ行けるようになることで、アイテム開発が可能になる。一番早いのは三会に入会する事だろう。そして幾人かのキャラを研究所においてアイテム開発をして貰う、それが幾人かの最強武器を手に入れる為に必要だったりもする。

またそれとは別に彼女や教授達にお金とアイテムを払い、アイテムを作って貰うことも出来た。今回欲しいアイテムはそのひとつである。

「天使と悪魔の捕縛用アイテムです。それもかなりの量」

と俺が言うとななみが俺の体をツンツンつついてくる。見てみると頰に手を当て、恥ずかしそうに首を振っていた。

「もう、言っていただければ……私《わたくし》はいつでも準備万端ですっ♪」

いや、お前はナニを想像しているんだ⁉　決してお前に使うわけじゃないから、むしろ想像しちゃうから、恥ずかしいからやめて！

「なるほど、そういう意図だったか……俄然《がぜん》やる気が出てきたぞ！」

「すっごくしらけた目が飛んでくるからこれ以上はやめてくださいね。普通にダンジョンで使いますよ？」

「ダンジョンプレイだと……」

「ダンジョンプレイですかご主人様……尊敬ポイントが七十三億ポイント入りました」

やめて、変なの呟かないで！　視線が突き刺さってるの。特に副会長からのがヤバイ。てかポイント入りすぎ！

「まあ冗談は置いておこう、それを作るに当たって一つ条件がある」

「条件ですか？」

「そうだ。ちょっと今回作る物とは別件で欲しい物があってな。それを持ってきて貰いたい。ああ、後輩君の件が急ぎなら後輩君のを優先させよう、式部会に入会できる人物なら、それぐらいの信用はあるからな」

「ありがとうございます、では優先して貰って良いですか」

「そうか、では真面目な話をしよう。使用対象を詳しく教えて貰えるだろうか。そして作るにあたって陣刻《じんこく》魔石《ませき》やどうしても欲しい物があるのだが……」

ああ、それですかと俺は頷く。

「必要そうな物はある程度用意しました。陣刻魔石もいくつか用意致しました、追加分もすぐ持って来ます」

俺がそう言うと、ななみが袋を出す。実は俺が図書館行ってる間とかにななみが集めてくれてたんだけど。それを受け取った彼女は感心した様子で俺を見た。

「……ほお」

アネモーヌの目が鋭くなったのが分かった。そしてその顔をするときは、対象に興味を持っていることも理解している。

「なぜ必要な素材を知っている？」

その言葉を聞いて、ルイージャ先生とフラン副会長もまた、俺を見る目が変わった。

「素材、間違って無いですよね？　それについてはいずれお話ししますよ」

「ふふ、なら早速仕様を相談するぞ。フラン、先生。用事が終わったら出て行ってくれ」

「ああ、先生には後で話があるのでよろしくお願いしますね。てか先生も用あるって言ってましたよね？」

　ここでナニをしていたか問い詰めなければならない。一応。また変なマシンを用意していたりしないことを祈りたい。俺がそう言うとアネモーヌは笑った。

「ああ、後輩君。君は先生の事をあまり心配しなくても大丈夫だ」

「……？　どういうことですか？」

「なぜなら彼女は後輩君の体質を調べるためにここに通っているのだからな」

「せ、先生？」

　先生は少し恥ずかしそうに笑うと、実はと話し始める。

「……やっぱり心配じゃないですか。ただ、やはりよく分からないの……だからまだ話すべきではないかなって」

「せ、先生……っ」

「後輩君は良い先生に目をつけられたな」

「本当、そうですね」

　なんかすごく嬉しくなってきた、調べてくれてただなんて。

　おお、とアネモーヌは手を叩《たた》く。

「そうだそうだ、たまにここにあるお菓子を目的に来るときもあるぞ。大量に持って行かれて少し困っていたんだ。なんでもお小遣いが少ないらしい」

先生に視線を向けると顔を真っ赤にしてうつむいた。

アネモーヌとの話を終えてリュディと別れた後、俺とななみはルイージャ先生と話せる場所を探す。

どうやらルイージャ先生の話は人には聞かれたくないもののようで、人気《ひとけ》の無いベンチに座ることにした。俺はルイージャ先生をベンチに座らせると、ななみと二人で自販機へ行く。そしてルイージャ先生がよく飲んでいるミルクティーを購入した。

「ななみは何が飲みたい？」

「ご主人様の汗――」

「先生と同じので良いな」

と、ルイージャ先生と同じ物を買う。自分も同じでいいやと、結局三本同じ飲み物を買った。ベンチに座ってぼーっと何か考え事をしている彼女にそれを渡すと「ありがとうございます」と受け取った。

ツクヨミ魔法学園の広大な敷地を見ているルイージャ先生を見て俺はため息をつく。

ルイージャ先生は俺を含む一部紳士《エロゲプレイヤー》達にとても人気である。その可愛らしいビジュアルには守ってあげたくなるような小動物的可愛さがある。しかも現実ではシャンプーの香りだと思うが、花畑にいるような匂いもする。あとおっぱいでかい。ただし詐欺に弱く借金持ちである。

「ちょっとお話ししたいことがあったの」

そう先生は言う。以前ならば美人の先生からお話だウハハと笑っていられたかも知れないが、今はもう何の爆弾が投下されるかヒヤヒヤでしかない。

とりあえずぼけてお茶を濁してみようか。

「お小遣いを増やして欲しいんですね、いいですよ」

「ほ、本当ですか⁉　やったーって違いますっっ！」

「え、じゃあこのままで」

俺がそう言うと先生は本当に動揺したようで、あわわわと呟く。現実にあわわわと呟く人を初めて見た気がする。

「ぁっ、いえっ違うんですそれは違うんです！」

目を><にしてすがりついてくるのを必死で振り払う。もちろん冗談だ。

「ええぃ、分かりました分かりました。それで本当の目的はなんですか？」

「あっ、そうです。ちょっと結花《ゆいか》さんの時に色々調べてた情報を見ていて、おかしいなぁって思った事があるんです。それで詳しく調べたら……かなり怪しいので」

「見せるのは俺たちでいいんですか？」

「色々考えて瀧音君にしようと、そう思ったんです」

個人情報ですから見たことは口外しないで下さいねと言って、先生はいくつかの資料を差し出してきた。

「えーっと……なんだ、コレ？」

作業員名簿？

「見てふと思って……やけに少ない気がするんです」

「作業員が？」

「そうです。また従業員の勤務年数が長くないですか？　そして私はこれらの何人かを見たことがないんですよ」

なんだか話がキナ臭くなってきた。それはもしかして邪神教《じゃしんきょう》関連だろうか？

「……それは毬乃《まりの》さんに直接確認を？　それになんで俺たちにこんな機密っぽい情報を教えてくれるんですか？」

じっと書かれている内容を読む。司書に、システムエンジニアに、事務員等々。書かれている人の内一人は理由が分かった。彼女は今準備中だから良いとして、ほかの事に関しては不明だ。

「しようかと思いましたよ。でも何かあった際は必ず一番に私へ相談しろとななみさんが言っていたのと……」

俺は後ろを振り向く。

「弱みを握っておいて正解でしたね」

「それは言わない約束じゃぁないですかぁ！」

ななみならその情報を変な事に使わないだろうし大丈夫だろう。いや何か起こる可能性があるな。

「お前らは何をやってるんだ……」

「ごほん、それだけでは無いです。一部の人達に関しては学園長がよく知る人物なので、はぐらかされそうだなって」

　まあ、確かにはぐらかされる可能性はある。結花の件もそうだったしな。

「ちなみに毬乃が関連しそうなことは必ず私《わたくし》を通すように厳命しておりました」

「そうです。なのでとりあえずななみさん、そして色々知っていそうな瀧音君にと思って。もちろんこの後は学園長に持っていこうと思ってましたよ！」

「事情は何となく分かりました。でももし俺が毬乃さんとグルで何も話さなかったり、俺が敵で資料を没収されたらどうするんですか……？」

「あっ……その、ほら瀧音君は私を助けてくれました。わ、悪いことには使わないと思ってぇ……」

「……まあいいです。ありがとうございます先生」

「うううううう」

そう言って俺たちは先生の用意してくれた資料を目で追う。確かに先生の言うとおり変な点が多い。と、俺が色々考察していると先生は女性の名前を指さした。

「…………あっ、この方は私もよく知っていて、よくお会いするんですけど……私が学園生の頃より前から勤めてるらしいんですよね」

それを見たななみは首をひねる。

「そう言えばこの方にお会いしたことがありませんね。ご主人様達はよく行きますが、私《わたくし》は行きませんし」

それはわざとニアミスしないようにしているからな。

「彼女、種族柄でしょうけど、全然見た目が変わってないんですよねぇ……そこは少しうらやましいです」

「なるほど。少し気になりますね」

「ななみ、大丈夫だ。彼女とは近々会うことになるよ。必要なピースはもうすぐ揃うから」

ギャビーとの一件が終わる頃には揃うと思う。そしたら行動を起こそう。今までで一番危険で大変なイベントを。そしてこれからを考えるととても大事な、イベントを。

ななみには、何も言っていない。言えない。だから彼女が首をかしげたのは仕方がない。

俺たちの目先には司書、桜瑠絵《さくらるえ》の情報、そして彼女の笑った写真が映し出されていた。

▶ » « CONFIG

Magical Explorer
Reincarnated as a Eroge Hero's Friend, I'll live freely with my Eroge knowledge.

五章　これから

「むふー、おいしー☆　ありがとうございまーす瀧音《たきおと》さん！」

なんとまあ美味《おい》しそうにケーキを食べること。思わずこちらも笑顔になる。

ルイージャ先生に用があるらしいななみを置いてきて、式部会に行っていた結花《ゆいか》と合流したのがついさっき。それから近くの和モダンなカフェに来てから彼女はずっとケーキを食べている。

もうね、好きなだけ食べて欲しい。

「それにしてもこんなにいっぱい奢《おご》って貰《もら》って良《い》いんですかー？」

「いいよ、ギャ……ガブリエッラの件で迷惑かけたしな。てか初めてガブリエッラと会った時にさ、なんで俺を擁護する言葉を言ったんだ？　うれしかったけど、お前も完全に目をつけられただろ？」

ギャビーに対してのあの立ち回りだ。結花という女性を知っていれば、その行動に驚いてしまうだろう。

聖《ひじり》結花はマジエク内において『愛嬌《あいきょう》』という武器を有効利用し人間関係をうまく構築する、世渡り上手なキャラであった。

彼女は生徒会、風紀会に入会する場合は巧みに愛嬌を振りまき、同学年だけで無く上級生からも好感度を上げていた。

式部会では三会関連の強者にごますりしたり、講師（もちろん式部会の協力者）を買収したかのように見せ、ヘイトを溜《た》めたりしていた。

また三会ほぼすべての先輩から気に入られているところを見るに、その好かれる能力は並外れているといえるであろう。

もちろんだが愛嬌を振りまくのは無意識ではなく狙ってやっている。あの完成度の高い作り笑いはそこからきている。

てか結花自身が「愛嬌は倒せない人も倒せちゃう武器なんですよ？」なんて言っちゃうからな。夏目漱石《なつめそうせき》かな？

ただ結花自身がメインヒロイン級の強キャラだから、愛嬌を使わなくてもゲーム内で屈指の強さを発揮できるんだけど。

「いやー何ででしょうね？」

そう言うと結花は目線を外し、頭をかきながらはにかんだ笑みを浮かべる。

「私にも分かりません。本当はフェードアウトしようと思ってたんですよ？　自分が言われるのは別に……だったんですけど。瀧音さんの顔を見て爆笑しているエヴァンジェリスタさんを見てですね、えーと、そのですね。なんか、わかんないんですけど、こうピキピキーッときたんですよねぇ！」

俺も結花はフェードアウトすると思ってた。

ゲームの結花なら「じゃぁこれでー☆」とあの場を去ってもおかしくはなかった。だけど彼女は口を出した。

頬を掻《か》きながらあはは、と笑う結花。

「ほんと何ででしょーね。庇護欲《ひごよく》がそそられるような感じじゃないのに」

「さりげなく貶《けな》してないよね？」

「違いますよ、頼りがいがあるから庇護欲がそそられないんです。最近あんなことがありましたし、特にそうですよ」

なんだコイツ、さらっと下げたのちにしっかり持ち上げてくる。俺のポイント稼ぐのうますぎじゃないか？

ただ俺は頼られるのも好きだけど、甘やかして貰うのも好きです。

不意に結花のフォークを持った手がテーブルの上に置かれる。そしてこちらから目をそらし、呟くように言う。

「……それにしてもエヴァンジェリスタさんは印象的な方ですねぇ」

結花の言う通り、確かに印象的ではある。しかし。

「印象的だけど、あれぐらいで驚いてばかりもいられないぞ」

ギャビーと同レベルなキャラはまだまだ居る。

それにまだ彼女の真価が発揮されていない。

彼女が一番目立つのは現時点ではなく、式部会に入会した後だ。入会後は制服を脱いでドレスになってしまうからな。

そうすれば見た目の目立ちっぷりは紫苑《しおん》さんとNo．1を争えるレベルになる。

紫苑さんの和服とギャビーのドレス効果で式部会のツートップだったなぁ。

「えぇ……なんですかこの変人学園……ただでさえ変な人いっぱい居るのに」

「まあ、オレンジとか紫苑さんとか姉さんとかななみとか」

アイヴィとかルイージャ先生とか式部会はベニート卿《きょう》を除いて全員変人かも知れないな。

「あと瀧音さんとか、雪音《ゆきね》さんとか」

「……おいおいおいおい。待ってくれ、俺か？」

「ええっと……申し訳ないですけど、ななみさん含めなくてもトップクラスで変人だと思います」

「ゑ!?」

「えぇ……私的にはその反応が信じられないんですケド」

彼女は手を伸ばし俺のストールを引っ張りながらそう言った。

「まあそれはどうでも良いんです」

「どうでも良くない気が」

「で、知ってれば教えてほしいんですけど、エヴァンジェリスタさんてどんな方なんですか？」

完全スルーか。

「知らずに喧嘩《けんか》売ったのか？」

「売ったんじゃないです。私は瀧音さんが売られた喧嘩を仕方なく一緒に買ってあげたんです！　むしろ買い取った私に感謝して欲しいぐらいですね！」

「あーはいはい。ありがと。好きなだけ食ってくれ」

「もちろん美味しくいただきます。ありがとーございます。でもちょーっと感謝が足りないんじゃないですかねぇ、高級マンションで妥協しましょうか！」

ジョークで言ってるつもりかもしれんが、実は持ってるんだよなぁ一棟。いまルイージャ先生住んでるぜ。ホントに与えたらどういう反応するんだろうか。

「おう、気が向いたらプレゼントしてやるよ。さ、話を戻すが、ガブリエッラは式部会の会長的役割をしているベニート卿の妹だな。今回のテスト結果では、ダンジョン攻略していた俺を除けばトップだ。一応法国《ほうこく》の貴族だぞ」

まあモニカ会長も紫苑さんも国は違えど貴族なんだけどな。

「へぇ、そうなんですねぇ……」

どうでも良さそうにそう言うと、チーズケーキを口の中へ入れた。

「おいしっ」

「……これから勝負だってのに、かなり楽観的だよな。もし負けたら土下座だぞ？」

「瀧音さんはまず負けないでしょうし、私もエヴァンジェリスタさんなら負ける気はしないですから。むしろあっちがちょっと……そのですね……本当に辞めちゃうんですかね？」

結花も思うところはあれど、ギャビーの事を心配してるんだよなぁ。

「大丈夫だって、俺が勝っても辞めさせないから安心しろ……」

「代わりにエッチな事をするんですよね？」

「アホか、しないっての。それよりも負ける気はしないっていったいどういうことだ？彼女のことあまり知らないんだろ」

ギャビーには悪いが、俺も結花が勝つと思う。だがそれはゲームをプレイした俺だから出せる結論であって、ギャビーの名前すら知らなかった結花がなぜその結論に至ったのかが気になる。

「ああ。なんていうんでしょうね。そうですね。なんていうか、私ってすっごく勘が良いんですよ」

「勘が良い？」

「なんとなーくなんですけど、その人の実力が分かるっていう感じですかね。エヴァンジェリスタさんにはあまり警戒心がわかないんです」

　多分結花が持つ危機察知のスキルの影響だろう。

　非常に有益なスキルで、相手が自分より強い（レベルが高い）場合に、一部ステータスや逃走率が上がるという効果があった。

　ＲＴＡ《リアルタイムアタック》において重要な『逃走』効果が上がるとあって、時短を狙うなら使わない人は居なかっただろうと思う。

　伊織《いおり》の選択次第ではテスト前から仲間に出来たし。

　もちろん彼女がそのスキルを持っていることを口外はしていない。だから知らないふりをして問いかけてみる。

「どういうことだよ？」

「エヴァンジェリスタさんは戦闘はそこまでじゃないのかなって。今回は成績で上位に居たらしいですけど、点数だけの順位ってあんまり参考にならなそうですねぇ。エヴァンジェリスタさん以上にやばそうな人をたくさん見かけたので」

「まあ、勉強と戦闘は別物だからな。次の結果からダンジョン階層まで加味されるだろうから、変わってくると思うぞ。てか、やばそうな人って誰だよ？」

危機察知スキルを持つ結花から聞ける、やばそうな人か。私気になります。

「加藤《かとう》さんもそうなんですけど、リュディヴィーヌさんもそうですね。あとはベンチでお昼寝していた狐人もそうですし。あ、瀧音さんも含まれますよ、むしろトップ？　あとは負けるとまでは言わないですけど、いろんな意味で驚いたのは……お兄ちゃんですかね」

ふとあの時を思い出す。彼が言った言葉を。

多分、伊織は爆発的に強くなってるんだろうなぁ。

「伊織か……負けてられないな」

「私も負けたくなかったんですけどね」

その言葉を聞いて一瞬息をのむ。

「……嘘だろ？」

「マジですよ」

「いつだ？」

「誰かさんがサボった、今日の授業ですよ」

ゲームでは結花加入時点で伊織よりもステータスが高い場合がある。ゲーム初見のプレイヤーの中には、結花に負けるプレイヤーもいるのだ。もちろん可能性の塊である伊織は後ほど結花を超えるし、育て方次第では一周目でも結花に勝利することができる。

「嫌なとこ強調してくるな」

さて今回の場合はどうだろうか。

結花は以前のダンジョンでかなりの経験値を得ていた。

しかしそれでも伊織が勝ったというならば、彼がしっかり実力をつけている事に他ならない。

「それでどんな戦いだったんだ？」

「まー色々制約はあったんですけど、簡潔に言えば接近戦で」

接近戦は結花の十八番《おはこ》である。もちろん伊織だって得意だろうが、伊織は育て方次第で何でも出来るからなぁ。

「それで色々考えることがありましたね」

「そうか……」

「なんかこう色々ぐちゃぐちゃした考えが巡ってたんですけど。一番は単純に『悔しい』ですね」

「そりゃ、そうだろ」

誰だって負ければ悔しい。負けて悔しくないのは、それに打ち込んでいない者だ、それが至極どうでも良い物だと思っている人だ。

「私、実は一度もお兄ちゃんに負けたことが無かったんですよ。そしてこれからずっと負けることは無いだろうって思ってたんですけどね。お兄ちゃんの事、とーっても知ってましたし。でも」

「でも？」

「なんて言うんですかねぇ、あれ。別人って感じですかね、龍《りゅう》にでもとりつかれたんですかね」

「？」

「お兄ちゃんが、お兄ちゃんじゃなくなったんですよ。でもお兄ちゃんなんです」

「哲学みたいだな」

「自分でも何言ってるんだろって感じですよ」

「でも、言いたい事は分かるぜ」

ああ、分かる。凄《すご》く分かる。

「ほんとですかー？　まあ……その原因は大きな目標が出来たって事らしいです」

目標、ね。

「そう言ってたのか」

「ええ、恥ずかしいからって目標は教えて貰《もら》えませんでしたけど」

まあきっかけの一つに結花があるだろうから、恥ずかしくて言えなかったのかな。

「私が負けたのは、そこなのかなって」

そう言って彼女はぼうっと前を見つめる。

　そして自虐的な笑みを浮かべると、立ち上がる。

　胸を張り手を広げてぐっと空に向かって伸び、その場で一回転した。

「ほら、私って軽いじゃないですか」

　もちろん体重が軽いなんて事ではないだろう。

「実はペラッッッペラだよな」

「うっわー、引きます。オブラートに包むって事を知らないんですか？　マジ辛辣《しんらつ》なんですけど。心もイケメンになりたいなら生まれ変わった方が良《い》いですよ。カノジョできませんよ」

「うるせぇ、結花の方が辛辣じゃねーか！　俺はイケメンになりたいよ。それに時と場合によっては包んでたよ！」

「……まぁーオブラートほどでは無いですけど、薄っぺらいことに否定はしないでおきます。だから負けたのはその点かなって」

　そう言って沈黙する結花。

「実際さ、誰もがそんなもんだよ。立派に見える大人でさえペラペラな事もある。ペラペラである程度成功を収めちゃう人だっているしな。ただ……」

「ただ？」

「何かとても大きな事を成し遂げるのは、そういう人間じゃないよな。強さも似たようなとこがある」

「私もそう思いますよ」

だからお兄ちゃんに負けたんだと思います。小声でそう呟く。

「それで、結花はどうなりたいんだ？」

「私ですか？　なんか楽しく生きられればそれでいいやー★なんて思ってたんですけどねぇ」

「結花らしいな」

「でもすっっっっごく悔しいんですよね」

「悔しい、それだけなのか。なんか目標とか無いのか？」

「あるように見えますか？」

「ほら……その、可愛いお嫁さんとか？」

「っはぁーっ？　小学生じゃないんだからもっとマシな夢持って来て下さい。ってか今全く関係ないですよね？」

「まあ、お嫁さんは冗談だとして結花ならなんにでもなれそうだけどなぁ」

コミュ力凄いし頭も良いし、何より根性あるし。

「なんにでもはなれませんよ、なる気もありませんし。自分の身を守れるぐらいには強くなりたいなーっては思ってたんですけどね」

「もったいないな」

「何がですか？」

「結花ならモニカ会長クラス狙えるのにと思って」

「っはぁーっ？　現実見てください、げ・ん・じ・つ」

「俺はそう思ってるぞ。それに伊織だってその頂に届くと思っている」

結花はジト目でこちらを見た。

それはもうじっくりと見てそしてため息をついた。

「目標は無いですけど、色んな人に迷惑掛けたくないという思いはあるんですよね……」

「迷惑？」

「これまで生きてきて両親とかお兄ちゃんに迷惑とか心配を掛けたりしたんです。あれ結構心苦しいんですよ、知ってます？」

まあ気持ちは分かる。四十層攻略したときは皆にめちゃ心配されて苦しくなった。

「これ以上皆の負担になりたくないから強くなってたのもあるんです……まあ一番は負けたくないからですけど」

「じゃあ、それでいいじゃないか」

「どういうことですか？」

「他人に、お兄ちゃんに迷惑を掛けたくない、負けたくない、強くなる理由さ」

「……そんなんでいいんですかね？」

「いいんだよ。だけど迷惑は掛けてもいいんだぞ」

そう言って俺は自分を指さす。

「俺とかな」

「それはもちろんじゃないですか。全身全霊で頼りに行きますよ」

「おう、来いよ。ただ俺が困ったときは来てくれるよな？」

「瀧音さんったら何言ってるんですか。当然じゃないですか。もう安心して下さい、行かないに決まってるじゃないですか！」

「何でだよっ！」

「へへへーっ、骨までしゃぶり尽くすんで覚悟して下さいね」

少し暗くなってたけれど、ちょっと元気が出てきたようだ。

「……もし結花が強くなりたくて、俺を信頼しているというなら、一緒にダンジョンへ行かないか？」

「ダンジョンですか、えー瀧音さんとですかぁ？」

口調は嫌そうだが、顔は嬉しそうだ。

「全く仕方ないですね」

「何で上から目線なんだ……」

「あっ、話少し変わるんですけど、お兄ちゃんに初めて負けたって言いましたよね、実はもう一つ初めてがありました」

「なんだ？」

「あー、ちょっと恥ずかしいんですけど……」

そう言うと照れたように笑い上目遣いでこちらを見る結花。

「自分の感情を誰かに、それも赤裸々に話しちゃったことですよぉー」

可愛い。あざとい。あざと可愛い。

言い終わった後ちょっとだけ目をそらして、もう一度視線合わせて首を少し傾けるのもまた可愛い。

結花の事だ。ねらってしているに違いない。でもドキドキしちゃうの。

「こんなの初めてなんですから、ちゃんと私の事強くしてくださいね！」

—紫苑視点—

「卿《きょう》よ」

妾《わらわ》が呼ぶと、卿はゆっくりこちらを見る。

「どうしたんだい紫苑ちゃん？」

「お主妹を幸《こう》にけしかけたじゃろ？　あやつ愚痴っておったぞ？」

「んー、けしかけただなんて人聞きが悪いじゃないか。僕はちょっとガブリエッラにお話ししただけだよ。瀧音君を褒めただけさ」

「お主がそう誘導したんじゃろ、まるで詐欺師じゃて」

　はははと笑う卿。

「申し訳ないと思ったんだけど、僕じゃどうしようもなかったんだ」

「卿がじゃと？」

「ああ。僕から見ればね、ガブリエッラは才能にあふれている」

「学年次席という実績を見てもそれは明らかじゃな」

　天才達が集まるこの学園で上位を取るのは難しい。その中で幸というイレギュラーを除いて一位を取ったのじゃから、才能は推して知るべし。

「ガブリエッラの事を考えるとね、つくづく自分が愚かに思えるんだ」

「なんじゃぁ、急に」

「ガブリエッラはね、僕が守るために籠《かご》に入れたんだ」

「過保護に育てたとでもいうのか？」

「その解釈で大きな間違いはないよ。それでね、ガブリエッラに対する脅威がほぼ取り除けたのに、彼女は籠から出ないんだ」

「そうなのかえ」

「そうさ、籠の中に僕が残っているせいで、彼女は僕から離れていかない」

「何が言いたいのかさっぱりわからんわい」

「ごめんごめん、簡単に言えば僕がガブリエッラの才能を閉じ込めてるんだ。行動も束縛してしまっている。悪い人間だよね。だから僕は学園中の皆が思っているよりクズといわれる人間だなんて思っているよ」

「ま、確かに学園生はそう思っておる者が多いの。それは妾も同じじゃ」

　式部会であるならば、それは仕方のないことじゃ。

「瀧音君のことを話したのはね、ガブリエッラのきっかけになってくれれば良いなって思ったからなんだ」

「きっかけ、のう？　籠から羽ばたくということか？」

「うん、そうだよ。人が奮起するには何らかの動機が必要だ。それは自分の知的好奇心かも知れない、誰かのためかも知れない。他には……ふふっお金のためかも知れない、そしてライバル心かも知れない」

「もしその籠から飛び出して、悪い結果になったらどうするんじゃ。籠から出すことが過誤じゃったらどうするのか」

「紫苑ちゃんは意地悪だね……」

「可能性の話をしたまでよ、言っておいてなんじゃが」

卿は顔を上げてこちらを見る。

「幸なら間違いはせんだろう。良い方向に導いてくれる気がするわ」

「その根拠は？」

「何、妾が信頼している直感じゃよ」

一瞬ぽかんとした卿じゃったが、すぐに笑い出す。

「ははっ確かにそれは信頼できるね」

「馬鹿にしとらんか？」

「してないよ、してない。いいね、次から僕も使おうかな！　僕の信頼してる直感だって」

「妾の決め台詞《ぜりふ》じゃぞ、使用には金が掛かるんじゃが……卿は特別に許可しようではないか」

とても楽しそうに笑っておるな。

「実はね、僕も瀧音君ならなんとかしてくれるんじゃないかって、そう思うから。だから任せてみたんだ。なんかちょっと大事《おおごと》になっちゃった」

「大事かえ？」

「瀧音君が負けたら式部会を辞める、ガブリエッラが負けたら学園を辞める……瀧音君はそんなことさせないし彼女のことは任せろって言ってるけどね……瀧音君にホント申し訳なくて……なんだか僕ハゲてしまいそうだよ、ははは」

笑っておるが結構心配しておるのは間違いないじゃろう。まあ万が一にも幸が負けることはないじゃろうし。

「させないと、幸がそう言うならよいではないか。後は彼らを見守るだけぞ」

「……そうだね」

「話は以上……では無いの。一つ言いたい事があった」

「なんだい？」

「お主は自分を卑下して、クズなどとほざいておったな」

卿は頷《うなず》く。

「じゃがな。妾を始めとしてエスメラルダや雪音、フランがお主を慕っている。幸もそうじゃ。それにあのモニカでさえ、お主を認めておる」

「紫苑ちゃん……」

「なによりガブリエッラがお主に憧《あこが》れて、お主のようになりたいと慕っておるんじゃぞ。仮にお主が自分をクズというのなら、慕う妾達全員を馬鹿にすることになるからな」

立ち上がり、ドアを開く。

「お主は誠の式部卿じゃよ」

六章　それぞれの修行

▶ » « CONFIG

Magical Explorer
Reincarnated as a Eroge Hero's Friend, I'll live freely with my Eroge knowledge.

ＲＴＡ《リアルタイムアタック》を嗜《たしな》む者は、必ずと言って良いほど作っている物がある。それは攻略するための道筋を記した手順《チャート》だ。

どうするのが効率が良《い》いかを常々考え、時には他者のチャートを参考に、より洗練された物を作っていった。そして俺も他のＲＴＡ走者も必ずと言って良いほど、していた事がある。それはとあるスキルの入手だ。

「忍者スキルですか……？」

マジカル★エクスプローラーにおいて忍者とは優遇された職の一つである。

生徒会に所属している男キャラの一人は、その忍者という職業のおかげで男キャラの中ではマシな性能をしていたし、新聞部の彼女も優遇のおかげでメインヒロインと渡り合える強さを持っていた。

さて、この忍者のスキルであるが、入手の方法はいくつかある。忍者スキル、忍術を覚えている講師やキャラクターから伝授してもらうか、特殊なダンジョンに行くことである。

単純にいくつかのスキルを得るだけなら講師や該当のキャラへ教わりに行くのが早い。

しかし、どうしても覚えておきたいスキルの一つはダンジョンでしか手に入らないことと、その他やらなければならないこと、アイテム入手などの効率を考えるとダンジョンへ行った方が良い。

そうなればダンジョンへ来るのは必然と言えるだろう。

ただダンジョンの進み方次第では、講師や該当のキャラに教えを請うても良いのかもしれない。あまりにもダンジョン攻略に手間取るなら、という条件が付くが。

どうしても必要なのは一つだけだから、それさえ入手してしまえば……そのあたりは進み具合で判断するとしよう。まあ、それは後で考えるか。

今はダンジョンに集中すべきだ。すべきなのだが。

「……それにしても変な気分だなぁ」

なんだか集中しきれない。

「何がよ?」

リュディはきょとんとした表情で俺を見る。

「ほら、畳を靴で歩くのがだよ」

そう言って、俺は自分の足下を指さした。

今回挑んでいるダンジョン『からくりの城』は三会会員になるか、ツクヨミ学園ダンジヨンのある程度の階層を攻略すると挑戦出来るダンジョンの一つである。

その『からくりの城』は名前で察せられるとおり、日本の城にトラップや特殊なギミックを交ぜたような、そんなダンジョンだった。

見た目は江戸城《えどじょう》にあった大奥《おおおく》のようなところであろうか。

通路の壁はふすまだったり障子だったりで、まるで室内を歩いているような気分になる。

もしかしてと思い、ふすまを強めにぶん殴ってみたものの、しなったりはするが壊れそうも無い。何らかの不思議な力が働いているのだろう、ショートカットも出来そうに無い。

まあ今までの経験上、ダンジョンは何でも有りだから、壊れないふすまがあってもなんとも思わないが。

さて、それはいい。問題は床だ。木の床は何も感じなかったが、畳となると話は別である。なんというか微妙な弾力があって、ゴムを踏んでいるような変な違和感がある。そもそもだが畳に土足で上がる時点で、忌避感みたいなのがある。

「確かに変な気分になるわね」

畳をフミフミしているリュディとななみ、そして結花《ゆいか》を見てふと思う。畳ってフェチの心を満たしてくれる秀逸なポジションなのでは？　畳になれば合法的に踏んでもらえるし、尻《しり》をおいてもらえるかもしれない。

なんだこれ、俺が変な気分になってるんだけど。

畳に対して少なくない嫉妬心《しっとしん》を燃やしていると、ななみがスッと弓を構える。それとほぼ同時に先輩が薙刀《なぎなた》に手をかけた。

すぐさまストールを構え刀に手をかけると既に真剣な表情になっているリュディに目配せする。

「ご主人様、来ます」

少しして現れたのは、数匹の妖怪《ようかい》系モンスターだった。

『からくりの城』はその名前と見た目通りと言って良いのか、出てくるモンスターはすべて和風のモンスターで統一されている。

「小豆洗《あずきあら》いと一反木綿《いったんもめん》だな」

小豆洗いも一反木綿も『からくりの城』に限らず、和風系のダンジョンの低階層に出現する雑魚《ざこ》モンスターである。

「飛んでるのは任せて」

そう言うリュディとななみに一反木綿を任せると、俺と結花は小豆洗いを処理するために走り出す。

小豆洗いのやっかいなところは、遠距離攻撃持ちであることだ。小豆のような魔力の塊を弾丸のように飛ばし、こちらを攻撃してくる。

とはいえ。速度は速くないし、ストール壁で簡単に弾《はじ》き飛ばせる。

それに俺の横に居る彼女だって……。

「？　どうかしたんですかー？」

よそ見をしながら装備しているガントレットで小豆弾を弾く。

「余裕だな」

結花の実力は以前のダンジョンで把握している。やはりメインヒロインの強さを保持していて、これから鍛えれば更なる飛躍も出来るだろう。しかし、かわいそうな点もある。

それは『最終兵器』初代聖女と戦闘面での役割が少し被《かぶ》っていたことだ。

だけど結花はウザ可愛いし、太ももと黒ニーソの破壊力はばつぐんだし、お兄ちゃんと呼んでくれるし、あっちの役割は被ってないし、控えめに言って嫁だ。使わない訳がない。

まあヒーラーはパーティに二人いてもＲＴＡのような事をしない限り問題なかったから、初代聖女と一緒に使っても何ら問題ない……それどころか、初代聖女とかなり相性良いんだよなぁ。まあ、それだけ初代聖女が異質だからでもあるが。

「やだなぁ、瀧音《たきおと》さんだって余裕じゃないですかぁ」

まあ、俺の場合は皆の協力を得て効率よく鍛えているからな。コレで弱かったら泣きたくなる。

ただ、そこまで魔素を集めていないはずの彼女が、これほど動けるのが驚きだ。やはり才能なのか。ゲーム内では学年屈指の才能と言われていただけある。

「じゃあ俺が一匹こっちにぶん投げるから、その後は頼むぞ」

そう言って駆け出すと飛んでくる小豆を弾きながら前に進む。小豆洗いは二匹。第四の手で一匹の頭を強く叩《たた》くとそいつを掴み、結花の方にぶん投げながら刀を抜く。

真っ二つになった小豆洗いを確認し、結花の方を見つめる。

「せぇぇぇぃ！」

魔力とスキルのためか、ガントレットが白く発光している。彼女は体全体を使い、飛んでくる小豆洗いに拳《こぶし》をぶち当てた。

「一撃必殺だよなぁ」

「瀧音さんには言われたくないですね……正直今の私では勝てるイメージが浮かびませんよ。私が真っ二つになるイメージは出来るんですけどぉ」

じとーっとこちらを見る結花に、思わず苦笑する。

そりゃあ考え得る最高の自分強化をしているつもりだ。知識をフル活用しているのに、ここで結花に負けてたら伊織《いおり》どころか三強やメインヒロインにも劣ってしまうかもしれない。

「結花も強くなれるよ。やる気次第で、それも確実に」

「何でそんなに自信を持って言えるんですかねぇ……？」

知ってるからだな。

「みんな、よくやったぞ。素晴らしいコンビネーションだった」

と俺らの様子を見守っていた先輩が笑顔でそう言った。

今回は先輩にお願いして、基本的に俺たちに戦わせて貰《もら》うことにしている。こういうのは経験になるから。もちろん先輩は快く承諾してくれた。

一反木綿のドロップである木綿と魔石、そして小豆洗いの魔石を回収すると、先輩は呟く。

「さて先へ進もうか……」

「あ、いや、少し待ってくれませんか先輩。ななみどうだ？」

と言いながらななみに目配せする。

「ええ、ななみのセンサーにビビッときましたね。このあたりでしょう」

あらかじめ根回ししておいたななみにそう言って貰うと、ふすまを強く叩く。しかし反応はない。確かここら辺だったよな？　と今度は反対側を叩く。

隣だったろうか？　とその隣を叩くとふすまから『ガコン、カチ』と何かが嵌《は》まったような音がして、ゆっくりと横に開いていく。

現れたのは通路である。それも欲しいスキルを得るためには、必ず通らなければならない隠し通路である。

「先輩、こちらに行きましょう！」

「……また君に借りを作りそうな予感がするな」

苦笑する先輩は一番にその通路を歩いて行く。

すぐに後を追おうとしたものの、強く腕を引っ張られたため進むことは出来なかった。

「ちょ、ちょっと待ってください。も、もしかして隠し扉ですかっ⁉　え、瀧音さんって初めてここに来たんじゃないんですかっ⁉　てゆーか、なんで皆さんは隠し扉が出てきたのに平然としてるんですかぁ⁉」

腕を引っ張ったのは結花だった。用意していた言い訳を言おうとしたものの、回答したのはリュディだった。

「そういうものだと思ってなさい。幸助《こうすけ》は何をしでかすか分からないから」

前なんてソロで四十層攻略してきたりするし、初心者ダンジョンの秘密を知ってたりしたし。と結花に言いながらリュディは先輩の後を追い隠し通路を歩いて行く。

呆然《ぼうぜん》と隠し扉を見ている結花にななみが声をかける。

「結花様、行きましょう」

顔には腑《ふ》に落ちないと書いてあったが、結局何も言わず、秘密の通路を歩いて行く。

マジエクの『からくりの城』と言われ、俺らプレイヤーが真っ先に思い浮かべるのは隠し通路であろう。全ダンジョンの中で一番隠し通路が有るのはこのダンジョンで、そこにはいろんなアイテムやスキル、そしてボスが隠れていたりする。

ただ一番隠し通路がある割りに、どの隠し通路へも行かずにダンジョンを攻略することも可能なダンジョンでもある。

とはいえあまりにも隠し通路が多いから、初めてプレイする人でも最低一つは見つけられるだろうが。

なかなか見ない面白い設定だと思うし、好きなダンジョンの一つなのだが、一つだけ不満もある。それは全くヒントなく隠し通路があったりすることだ。しかもそういった場所に限って貴重なアイテム、スキルを教えてくれる女神像があったりする。

この隠し通路を探すのにどれだけ苦労したことか。

だがその苦労のおかげで今楽が出来る。どこに隠し通路があるか完全に把握しているから。

では、である。この隠し通路を攻略したら次はどこにすべきであろうか。とりあえず一《いっ》旦《たん》入り口に戻ってそれから入り直すのは確実だから、入り口から比較的近かったあのスキルを二番目に獲《と》りに行くか。

と計画を立てているとななみに声をかけられる。

「お暇そうですね」

「まあ、忙しくはないな……」

ゆっくり考え事が出来るぐらいだから忙しくはない。

もっとも今はモンスターが出ないセーフティゾーンで休憩中だから、全員暇であろうが。

「では新婚生活ごっこでも致しましょう」

「……急にどうした？」

確かに暇だが、どうして急に新婚生活ごっこが出てきたのかがこれっぽっちも分からない。

「お帰りなさいませご主人様。これからどうなさいますか？　天使にしますか？　メイドにしますか？　それとも……な・な・み？」

どうしていちいち回転したりポーズを取ったり、メイド服をつまみ上げたりするんですかね。いや、究極的に可愛いんだけども。

「問答無用でやるんだな……てか選択肢が同じなんだけど。じゃあ、ご飯にしようかな」

「きゃぁぁぁ♪　ななみを食べちゃうんですね⁉」

「……じゃあお風呂《ふろ》にしようかな？」

「きゃぁぁぁ♪　ななみとお風呂ですね！　お背中流します！」

「どうやってもお前じゃねぇか⁉」

と俺がツッコミを入れると、ななみはにっこり笑う。うーん、どれかと言われればお風呂がいいです。

「えーと、いつもこんな事してるんですかぁ……？」

と俺らがアホなことをしていたせいか、結花は少し困惑気味だ。

「もっとひどい時もあるわよ？」

リュディはさらりとそう言う。否定したいところだけどその通りだから何も言えない。

「……花邑《はなむら》家ってすごいんですね」

「花邑家って言い方は……いやあの家は変な人が多いのは否定出来ないわね」

「独特な人が多いのは確かだ、しかしいい人ばかりだぞ」

先輩が苦笑しながらそんなことを言うが、あまりフォローできてないと思う。

「はい、ご主人様。サンドイッチです。ななみへの愛を一生のものとするため、しっかりアレを入れておきました」

「まだ続いてたんだ。それで毒とか入ってないよね？」

一生って何、一生って？　不安になるような単語入ってるんだけど、死んだりしないよね。

渡されたサンドイッチを見てみる。なんだか先ほど食べたのとすこし野菜の入れ方が違うような。まあいただいたモノだし食べようか。

と俺が一口食べるのを見計らって、ななみは口を開く。

「あ、そういえばそちらのサンドイッチはリュディ様が作られたモノです」

それを聞いて、ようやく理解した。

ななみは狙ってサンドイッチを渡したのだろう。リュディ様も作ってくれたからしっかり感謝してください、と言っているんだろう。

ただ意味不明な三択はやらなくてもよかった気がする。

「あ、その。ななみのに比べたら形が変だし、あのねっ、時間があったから。ちょっと試してみただけで」

「いや、すごく美味《おい》しいよ。ありがとう」

見た目も普通だし味もとても良《い》いし、自信を持って良いと思う。

「そ、そう」

顔を背けられたけれど、すごく嬉しそうな顔をしていた。

そういえば最近細々《こまごま》としたことを、リュディに限らず皆にして貰っている気がする。後で何か返してあげたい。

それにしてもサンドイッチ美味しいな。美味しい？　サンドイッチ？　つい最近食べたような……いつだったか、えーとエナジードリンク臭？　あれ、姉さん？　うっ頭が……。

「瀧音さん、どうかしたんですか？」

「い、いや。何でも無い。もう少し休憩したらこの先にあるスキルを習得しようか」

と俺が言うと結花はまたもやジト目でこちらを見る。

「へーこの先でスキルを得ることが出来るんですねぇ……」

苦笑しながらふと思う。結花だからはっきりこう言うのであって、先輩やリュディは察しているけどあえて言ってないんだろうなと。

ななみだけではなくリュディ達にも、いつか伝えなければならないな、とも。

休憩を終えた俺たちはすぐに移動を再開する。

「それで、なんのスキルを得るんですかぁ？」

結花の問いに詳しく話しても良いか迷ったが、まあ、良いだろう。

「遁走《とんそう》スキルだ」

「遁走ってなによ？」

一応忍者系のスキルは秘匿されている設定だったため、リュディ達は知らないのだろう。ゲームでもあの二人のどちらかと友好関係が無ければ、入手方法を教えてもらえなかったはずだ。まあ仲間に居ればペラペラと話し始めるのだが。それでいいのか忍者……。

「簡単に言えば敵から逃げるためのスキルだな」

ＲＴＡをする上で必ず欲しい超有能スキルである。ＲＴＡにおいて逃げることは非常に重要だ。

ＲＰＧのＲＴＡにおいて非常によくある行動の一つとして、低レベルでもギリギリ行くのが可能な町まで遠征することがある。簡単に言えば、敵から逃げながら低レベルで物語後半に行くような町へ行く事だ。

なぜそんなことをするのか？

それにはいくつか理由がある。物語序盤で強い武器を手に入れたり、その町で仲間に出来る者をパーティメンバーに加えたり、しばらく得ることの出来ない魔法やスキル、有用アイテムを得たり、民家から自分の強化アイテムを得たり。

そう、レベルが低いまま、主人公や仲間を一気に強化するためだ。

そしてその町でレベルに不釣り合いな装備を購入して戦闘力を大幅に強化した後、一撃で倒せる敵でレベル上げする。効率を考えたらこうするのが最善だろう。

もちろんマジカル★エクスプローラーもそういった事が出来る。初心者ダンジョンなどの戦闘はすべて逃げて、ボスを火の陣刻《じんこく》魔石《ませき》で倒し解放されたダンジョンを同じように逃げて突破。そして武器防具をそろえたら、効率の良い稼ぎ場で経験値稼ぎ。

実際、俺も最初はそのつもりだったし、一部採用して既に試している。

しかし、この世界はゲームではない。

俺が魔素を集め基礎能力をある程度上げたとしても、クラリスさんや先輩のように戦闘のセンスがある者と戦うならば、負ける事もあるだろう。

戦闘のセンスを鍛えるためには、模擬戦をしたりいろんなモンスターや強いモンスターと戦う事が必要だ。

だからといって強い武器を持って殲滅《せんめつ》する稼ぎが、全く無駄なわけではない。効率よく稼ぎながら、他者との戦闘もしつつ自らの能力を高めていく、それが一番よいであろう。

では効率よく稼ぐ事を考えよう。基本的に良い魔素集めをするには、ダンジョンだ。そこでは雑魚《ざこ》に時間を取られず、さっさと逃げることも必要だ。

とＲＴＡ的な一番の利点はこれだが、もう一つ効果がある。それは素早さが上がることだ。素早さを上げることは、ゲームでは行動順を早くすることにつながる。

しかし現実の今はどうか？

一つ一つの行動が速くなるならば、それは凄《すさ》まじい自分強化ではないかと思う。

それらを考えると超有能スキルであることは間違いない。

俺たちはそのまま、現れるモンスターを倒しながら先へ進む。すると大広間のような場所に出た。そこにはいくつかの木の台と巻物が置いてあったが、正直見なくてもいい。

遁走スキルを入手するためにしなければならないことは二つある。一つはヒント無しで隠し扉を見つけること。そしてもう一つが謎解きである。

ゴール手前のフロアにはその謎解き用のヒントである巻物があって、それで謎を解くのだが……ゲームの知識がある俺にとっては答えを覚えているような物である。

『遁走』という逃走能力を上げるスキルを入手した俺たちは、『からくりの城』へ再突入する際に当然のごとくそのスキルを有効活用して敵から逃げまくる……なんて事にはならない。

二度目の『からくりの城』でも、雑魚の戦闘はスルーせずしっかりすべてを倒しながら先へ進んでいく。そしてドロップアイテムの回収は忘れずに。

「それにしても、罠《わな》が多いわね」

リュディはそうぼやきながら、ななみが指摘する罠を飛び越える。

「そういうダンジョンだからなぁ」

残念な点を挙げるとすれば、ここの罠はＣＧを入手出来ないことだろうか。まあ有ったのだとしても、断腸の思いどころか全身細切れの思いで回避するつもりではある。でもさ、少しだけ、少しだけなら……。

「それにしても、すごいパーティですねぇ……」

結花はしみじみとそう言う。

すぐさま妄想を吹き飛ばし平静を装うと、彼女に意図を聞く。

「何がだ？」

「スサノオ武術学園でも、こんなにすごいパーティなんて滅多に見ないですよ？」

「そうなのか？」

「そうですねぇ、あっちの上級生と遜色《そんしょく》ないレベルです」

「結花」

その声に振り向くと、後ろを付いてきてくれている先輩は笑っていた。

「ツクヨミ魔法学園でも瀧音達は異常だから大丈夫だ」

「異常で大丈夫って何かおかしくないかしら……さりげなく私も含まれてるし」

とてつもなく同意したい。

「ツクヨミ魔法学園で思い出したんですケド、この学園自体が色々とすごいですよね」

「色々とすごい？」

「ええ、だってほかの学園じゃこんなに広い敷地はないですし、移動は転移魔法陣だし、ツクヨミポイントなんて有るし」

「え、ここってそんなにすごいのか？」

結花は、はぁとあきれた様子でため息をつくとジト目でこちらを見る。

「これだから超お金持ちは……ローゼンクロイツ社……いいえ、花邑グループで作ってる魔法具ください」

花邑家って結構おかしいっぽいからなぁ。

当初は単純に金持ち程度なイメージだったが、かなりヤバイ家って事を最近実感してる。特に貴族っぽい生徒からの対応が顕著だ。

「確かにツクヨミ魔法学園の施設は、世界屈指、と言うより世界一位だと思う」

と先輩が同意する。

「一度アマテラス学園とスサノオ武術学園の大会に出たことがあるが、施設のすごさは圧倒的にツクヨミ魔法学園が上だ。そのせいか生徒の全体的な質も少し高いように思う」

その言葉に結花は頷《うなず》く。

「そうですねぇ～それはあると思います。ケド、あっちの最上位にはすごい人が幾人か居ますよ」

「そうだな。私の知る限りでも数人。モニカ会長には及ばないが、ステフ隊長並みに実力が有る者がいる。ただ、全員が全員尊敬に値するかと言えばそうではないのだが……」

先輩が言葉を濁す人物か、いったい誰だろう。単純な実力者であれば幾人か候補が浮かぶのだが……彼か？

まあどちらにしろ、先輩はそいつらを飛び越えモニカ会長に並ぶことになるのだが。

さてツクヨミ学園ダンジョン四十層を突破出来るであろうパーティが、初心者ダンジョンに毛が生えた程度のダンジョンボス戦で苦戦するだろうか。

もちろんしない。

「はぁ……」

結花は宝を守る隠しボス『赤鬼』が、魔素に変わっていく姿を見ながらため息をつく。

「どうした結花。ため息なんかついて」

「私が井の中の蛙《かわず》だったって事をよーく理解しましたよ」

「何がだ？」

「皆が強すぎるんですよ」

あーやだやだ。なんて言いながら、手に込められていた魔力を霧散させる。

とどめは任せた方が良かったのだろうか。

ななみの矢が敵の退路を塞《ふさ》ぎ、リュディのストームハンマーが直撃してバウンドしている最中に距離を詰めた俺が刀を抜き一閃《いっせん》。

ボスは何かをするまもなく消えていった。

「あーもう、見た感じ私が一番足手まといじゃないですか」

「そうか？　俺には一切そう見えないが。回復も出来るし」

たまたま機会が無かっただけで、雑魚戦では非常に活躍している。居るだけで目の保養になるし。妹が欲しくなるし。

「お世辞はいいです。そもそも回復必要でしたぁ？　今回一切必要なかったと思うんですけど？」

すっとななみが前に出ると首を振る。

「結花様、ご主人様は…………俺が無茶して攻撃できるのは、結花のおかげじゃないんだからっ、勘違いしないでよね！　と仰《おっしゃ》っております」

「なんでツンデレ風に言うんだよ？　それ言葉通りに受け取ったら勘違いされるやつだから」

あとお前の中で声質変えるブーム来てるよね？

むしろリュディとか結花に言ってもらいたい台詞《せりふ》だ。

いや、現実でやられるとムカつきそうだからやっぱりなしで……！

「じゃあなんですかー、瀧音さんは私の回復だけが目当てだって言うんですか？」

「体目当てみたいな言い方やめてくれ……そんなわけないだろ」

「瀧音さんひどいです。トレーフル皇国旅行三泊四日スイートルームで構いません！」

「結花って欲望に忠実だよな」

はっきり言ってくれるから、すごくわかりやすくて良《い》いと思う。ちなみにリュディに頼めば普通にＯＫ出してくれそう。追加パッチで皇国のリゾート地へ遊びに行くイベントあったし、機会があれば行くのも有りだ。

「ななみさんの言うとおり、瀧音さんからは素晴らしいツッコミが返ってきますね」

「ってななみの影響か!?」

ななみ、なぜあなたはどや顔ダブルピースしてるんですか。

「あーもぉ、色々冗談ですよ、冗談っ！　でも今日は本当に来て良かったです。本当にためになりました……ありがとうございます。もちろんリュディヴィーヌさんや水守《みずもり》さん、ななみさんもです。今日は攻略にまぜていただいて、ありがとうございます」

「私のことはリュディで良いわ。あと皇国に来たいなら私が招待するわよ？　雪音《ゆきね》さんも是非どうですか？」

「え、ええっ。だから冗談ですよっ⁉」

「長期休暇の時などにでもお邪魔させて貰おう」

　マジでビビる結花と普通に接する先輩。結花はまだ少しリュディに遠慮があるように見受けられる。

「いいわよ、お父様も連れてきて良いって言ってるし。あ、幸助。あなたは直接お礼を言いたいらしいから来て」

　行くの確定なんですね。行きたいけどアレに会うのが確定かぁ……どうなることやら。

　と話していると、魔物は完全に魔石へと変化していたようで、ドロップアイテムを回収した先輩がこちらに歩いてきた。

「さて、皆。そろそろ先へ進もう」

七章 黄昏《たそがれ》の道

ギャビーと競う舞台となるダンジョン『黄昏の道』は必ず攻略しなければいけない……というダンジョンではない。

ゲームでは中盤くらいから攻略を開始するだろうか。三会入会後に解放されるダンジョンの一つであり、式部会イベントで使われるダンジョンの一つでもある。

またこのダンジョン自体の難度はさほどでもない。敵も最深部付近まで行かなければ強くは無い。まあ三会入会後に来るダンジョンだから、こちらがしっかり成長しているため、相対的に簡単なダンジョンに見えるだけなのかもしれないが。

もし普通に攻略する上で注意すべき点があるとすれば、罠《わな》ぐらいなものだ。しかしその罠は、基本的に罠探知レベルが低くても発見出来る物であり、俺が所持している指輪で何ら問題なく捌《さば》ける。

そして入手出来るアイテムはダンジョンレベルに比例しており、良いには良いのだがそこまで魅力を感じる物ではない。以前別ダンジョンで入手し、そのままリュディ達がはめている指輪のほうが希少性が高く性能も良いし。ただマジエクのアペンドディスク《追加パッチ》によって追加されたダンジョンは、難度に比例しない良アイテムが配置される傾向がある。あの指輪もその例にもれない。だからこそ追加ダンジョンを優先して攻略したのだが。

　またここに出現するモンスターは他ダンジョンでもありふれている奴らで、何ら特筆すべき事など無い。モンスタードロップ品もうーんと首をひねる物ばかり。

　つまり、来る価値はあまりない、どうでもよいダンジョンでもある。効率だけ考えたら今も攻略している先輩達のように、『からくりの城』に行きたいところではある。

　しかし、紳士淑女《エロゲプレイヤー》達で式部会に入会した人はこのダンジョンに来ざるを得ないだろう。特にCGを入手したいのならば。………それにしても。

「早くベニート卿《きょう》来てくれないかな」

「予定では五分後に到着ですね」

「まあダンジョン使用の申請だからしかたないのはわかるんだけどさ……この状況をなんとかしたいんだよな」

　と視線を目の前で言い争う二人にうつす。

「おーっほっほっほ。這《は》いつくばる覚悟はよろしくて？」

「這いつくばっているのはどちらですかねぇ？」

最初にふっかけられたのは、確かに俺のはずだ。しかしバチバチと音が聞こえてきそうなほど睨《にら》み合い、引きつった笑いを浮かべている二人を見て、若干取り残された気分になるのはなぜだろうか？　いや、本当に取り残されているのだが。

「ご主人様、ここはイケメンヴォイスで仲裁に入るべきでは？」

「イケメンヴォイスである必要性は感じないけれど、仲裁した方が良いかもしれないなぁ」

二人ともさりげなく身体強化してるし。急に殴り合わないよね？　あとなんで『ボイス』を素晴らしく発音したのか分かりません。同じように返したけど。

「ご安心ください。こんなこともあろうかと仲裁の台詞《せりふ》は私《わたくし》が考えておきました。おかげで寝不足です」

「くっだらないこと考えなくて良いから、さっさと寝てどうぞ。でもせっかく考えてくれたからな、一応聞こうか」

「二人の可憐《かれん》なマドモアゼル、僕の事で争わないで！　ああ、僕はなんて罪作りな男なんだ……！」

「それを言ったら結花《ゆいか》が敵に回る可能性があるな」

ギャビーは更にキレそうだ。ただベニート卿ならば様になりそうな台詞だよなぁ。見た目的に。確実に言わないだろうが。

「ご安心ください。すかさず私《わたくし》が颯爽《さっそう》と登場しご主人様の腕にすがりついて――」

と言いながら本当に抱きついてくるななみ。うん柔らかい。

「——私《わたくし》の事は遊びだったのね！　と話を続けますので」

「多分二人はあきれて声も出ないだろうな。それなんてドラマ？」

更に場を混沌《こんとん》とさせてどうするんだろうな。

あと離れようとせずに、もう少し腕に巻き付いてて良いんですよ？

「その後、料理教室で会った人達と一緒に無人島に漂着し、第六次世界大戦に巻き込まれた後、暗黒魔王討伐に行く物語を予定しているのですが、それを想像するだけで胸がいっぱいです。映画化決定ですね……！」

「いったいどんなストーリーなんだ……」

「タイトルはシンプルに『聖天使ななみ　—雇われメイドの事件簿—』でいきましょう」

「マジでいったいどんなストーリーなんだ……そして突如すがりついてきた女性が主役だった！　絶対売れないからやめようね」

てか俺の話聞いてないよね、いつものことだけど。

「ご主人様の懸念は理解しています。主題歌ですよね」

「主題歌以前にストーリーとかテーマが終わってると思う」

そもそも主題歌に関しては一切懸念は無かった、というより考えてすらいなかった。

「歌はリュディ様に歌っていただきましょう、話題性間違いなしです」

トレーフル殿下がこんなぶっ飛んだ映画の主題歌歌うとか、話題性に関しては間違いないだろう。そもそもやらないだろうがな。

「ベースは雪音《ゆきね》様にやっていただきましょう。ギターはお任せください、一度も弾いたことがありません」

「弾いたことないんじゃないか。任せられないわ！」

そりゃ弾いてる時間ないよなぁ。もしかしたら誰も楽器弾けないんじゃないかな？　リュディはさらっとヴァイオリン弾いたりしそうだけど。

「はつみ様はキーボードでしょうか、ご主人様は………タンバリン？」

「何でそこだけ疑問形なんだよ？　しかもタンバリンってなんだよ、この流れだったらドラムだよね？　一人だけカラオケにいる気がするぜ！」

「バンド名は皆様を考慮致しまして『はつゆきななりゅタンバリン』にしましょう」

「それ俺の要素ほぼ入ってないよね？　てかタンバリン確定なんだ」

最終的に『タンバリン』のことを『瀧音幸助《たきおとこうすけ》』って言うの止めなよ！　となる奴だコレ。

「幸《こう》は本当に面白いヤツじゃのう」

面白い物を見るような目で皆を見ていた紫苑《しおん》さんが、しみじみと呟《つぶや》く。

「何でそれを俺に言うんですかね？」

この場合ななみや未《いま》だに言い争ってる結花達に掛けるべき言葉だろう、俺は何もしてない。

「なに、自覚が無いのか……まあよい、それにしても聞いたか？」

「なんの話ですか？」

口角を上げ、手にもつ扇子で俺の脇腹をつつきながら口を開く。

「雪音が風紀会に結花を誘ったことじゃよ」

話が長くなりそうだと思い、ななみに結花達を任せる。

それはもちろん知っている。いや、そうなるだろうなとも思っていた。以前から先輩は結花を気に入っている。リュディとの仲も良好だ。それにウザ絡みしてくるがちゃんと相手を立ててもくれる。話していて楽しくなる会話もする。

実力に関して結花が謙遜《けんそん》しているのも、先輩好みの点だろう。そして努力しなければいけないと思っており、実際に修行に交ぜてほしいと言ってくる行動的なところもまたそうだ。

むしろそんな子に対して興味を持たない人の方が少ないであろう。美少女だし。

「そもそも、俺がいるところで話してましたしね、個人的に意外だったのは即答しなかったことですね。そして……生徒会から既に接触があったこと」

「そうじゃ。前に会長が式部会へ来ての、お主のことを話しておった時に結花の話が出てな」

「……そういうのって秘密にしておくべきではないんですか？」

「なあに、このまま開始したらお主の圧勝じゃからな。少しでも動揺をさそえないかと思ってのう」

「なんで試してもいないのにそう言えるんですかね？」

「お主の実力は以前に見た。そして四十層をソロで一週間攻略なぞ、妾《わらわ》にもできん」

ぼそりとそう呟く。そして俺が何かを言う前に、紫苑さんは話を変えた。

「さて結花に関してじゃが、実は元々学園長が注目しておったらしくての。それで生徒会は興味を持ったんじゃろ」

「なるほど、毬《まり》乃《の》さん経由ですか」

「なに興味を持ったのは生徒会だけでは無い。風紀会も興味を持った。そして卿と妾は式部会として声をかけるのも良いかと思うておる。じゃからお主の意見が聞きたくての」

思わず「うん？」と首をひねる。

「待ってください。式部会はギャ……ガブリエッラさんと約束していたのでは？」

と俺が言うと紫苑さんはまあ落ち着けと両手で制止してくる。

「そう恐《こわ》い目で見るな。ガブリエッラが負けた場合じゃ」

「まあ実力は知っての通りでしょうし良《い》いと思いますよ」

ただ。

「ガブリエッラだってそれなりに戦えるでしょうね。少なくとも学力だけで見れば、間違いなく俺より上でしょう。一朝一夕では取れない成績ですし」

　戦闘面での才能はメインヒロインより一歩劣るとは思う。しかし彼女は性格上、努力ができるし、一般ヒロイン並みで不遇キャラでは無い。彼女が好きな人は使っていただろう。俺もかなりお世話になりました！

「それにしても……いったいどうして結花なんですか？　式部会の条件に満たない気がするんですが」

　式部会の理念は、生徒達の敵になり目標になることである。敵になるからには色々な危険を考慮しなければならない。

　紫苑さん、ベニート卿は貴族だ。ベニート卿の妹であるガブリエッラも貴族。そして俺は花邑《はなむら》家。これらは権力という後ろ盾が有る。

　しかし結花は違う。

　実はゲームでも少し疑問だったのだ。

　マジエク主人公、聖《ひじり》伊織《いおり》はまだなんとか納得できる。ゲームでは式部会に入会するには条件があった。それは一定値以上の能力保持、もしくはツクヨミダンジョンの早期攻略。今回俺がやったような四十層の攻略のようなもので圧倒的な実力差を示し、他者を黙らせられるから。

しかし結花はどうだ？

生徒会、風紀会ならば成績と実力のみで評価されるからまだ分かる。しかし式部会はそうではない。圧倒的な実力を持つ聖伊織の妹として入会するなら、伊織という後ろ盾ができるからまだ分かる。しかしそうじゃない場合もあった。まあ開発会社のフラグ管理ミスなのかもしれないが。

それに初代聖女の血縁者である事は知られていないはず。なら？

「お主、最近ななみと結花の三人で行動しとるじゃろ？　……結花が悪目立ちしておるのは知っておるかえ？」

「ゑ、本当ですか？」

「……知らんかったか。まあ今知ったなら大丈夫じゃろ。それでな、もうひとつ噂があってな、聖結花は花邑家の庇護下《ひごか》にある、と」

「まあ、それは俺が流しても良いと言ったんで。むしろ流してる？」

「それでお主と仲が良いと噂が流れるじゃろ？　さて、お主が一般人の立場ならどう思う？」

そりゃぁ、花邑家にごますりしているだとか、瀧音幸助のお気に入りだとか……なるほど。言いたいことは分かったが、苦笑するしか無い。

「そういうことじゃ」

「理解しました、実力はあるし花邑家関連ということで、後ろ盾があると思わせられるんですね。いえ、俺は色々あって後ろ盾になろうと思っていたので、本当の事ではありますが」

「他の二会なら、幸に無理矢理声をかけられていた、だなんて噂を流すのもアリであろう。お主に矛先を向けられるからな。結局、結花はどの会にも適性がある」

なるほど。

「結花を入れるのは良いと思いますよ？」

彼女の血を狙って何かあったときに、フォローもしやすいし。

「そしたら一個聞いても良いですか？」

「なんじゃ？」

「ベニート卿《きょう》はガブリエッラさんに入会してほしくないのですか？」

「ふむ、難しい質問じゃな…………分からん」

思わず脱力する。

「わ、分からないんですか？」

「あやつのことなぞ、分からんわ。ただ、成長して欲しいとは思っているようじゃな」

なるほど。まあ色々言えるが、総括するとゲーム通りのシスコンだと言って良いだろう。

「ただ自分をあまり追いかけて欲しく無さそうに見える、のう」

「へぇ……」

「妾は卿は出来た人間じゃと思うておる。追いかけるのもありかとは思うんじゃがな」

「エヴァンジェリスタ家のこととかもあるのでは……ってかそれ言ってしまっていいんですか？」

「なに、口止めされておらん。なら妾の判断で良い、じゃ」

理由がちょっとひねくれてるよな。紫苑さんらしいけれど。

「でもそれだとバッドルート側に行っちゃうんですよね」

「ん、バッドルートじゃと？」

「なんでもないです。ただガブリエッラさんは式部会には入らないと思いますよ？」

「……お主が勝つからか？」

「それは当然ですけど、違いますよ。彼女はちゃんと理解していますし、独り立ち出来ますから」

彼女はドジで天然な所はあるけれど真面目でしっかり物事を考えられる女性だ。

それから数分ほどしてベニート卿がここに現れた。

「どうやら来たようじゃぞ。妾はそろそろ持ち場につこうかの」

「……なんだか盛り上がってるねぇ♪」

と、この状況を生み出した一番《ベニート》の原因は何事もなかったかのようにニコニコしてこちらを見ている。

散々罵倒《ばとう》しあった後だからか、結花もギャビーも少し沈黙気味だ。しかし二人の後ろには鬼みたいなのが見える。

ベニート卿には言いたいことが山ほどあるのだが、まあそれは終わった後にしよう。謝るのも後にしよう。

だって心配させるだろうから。ギャビーには隠し階層へ行ってもらうし。

「さて、ルールなんだけど……大丈夫かい？」

とはいうもののルールなんてほとんど無い。三人が同時にダンジョンへ突入。紫苑さんが待つ五層へ先にたどり着いた者の勝ち。武器は自由、アイテムも自由。危なくなったらアイテムを使って脱出。

非常にシンプルだと思う。

なぜ五層かと言えば、フロアボスのいる五層で一旦《いったん》全員が集まることになるからだろう。

このダンジョン『黄昏《たそがれ》の道』は、深層へ行くためのルートが複数あるダンジョンである。次層へ行くための転移魔法陣が四つある、といえばわかりやすいだろうか。その四つの転移魔法陣はすべて別の場所にとばされる上に、それぞれが独立した一つの層になっているため基本的に出会うことは無い。選び方次第では同じフロアに出る可能性もあるが。

ただしボス戦がある層だけは違う、そこだけはたった一つの層しか無いため、だからこそ全員が一旦集合できる。

多分、手前のセーフティゾーンで紫苑さんは待っていることだろう。

「もちろん大丈夫です。俺と結花とガブリエッラがそれぞれ別の転移魔法陣に入りダンジョン攻略を行う。そして先に紫苑さんの待つ五層へたどり着いた者の勝ち。でしたよね」

ダンジョン五層まで行くのは、全員が余裕だろう。俺も彼女たちも。

まあ敵との相性で言えば俺よりも彼女たちの方が断然有利なのだが。

「うん。大丈夫そうだね。……さて、時間もすぎた事だし始めようか。紫苑ちゃんはもう目的地に到着した頃だろうからね。ダンジョンの入り口に行こう」

そう言ってベニート卿は歩き出し転移魔法陣へ入っていく。

「あなたが這《は》いつくばる姿を想像するだけで、笑いがこみ上げてきますわ！　おーっほっほっほ！」

「這いつくばっているのはそっちなんですけどねぇ」

俺たちも彼を追いかけてダンジョン『黄昏の道』へ移動した。

俺は壁に触れて触感を確認しながら結花達を待つ。ななみは何か確認したいことがあったのか、ベニート卿の隣で、いくつかある転移魔法陣を見ながら何かを話していた。

俺は睨《にら》み合う二人が転移してくるのを確認し、彼女たちの後ろを歩きながらななみを見る。

ここで俺とななみは一芝居打つつもりだった。

ダンジョン『黄昏の道』には隠しフロアも存在する。それはいくつかあるのだが、一番精神的に追い込んでくるフロアを選択するつもりだ。

しかしどうやって隠し階層の道を開くか……それは既にななみと協議済みだ。

まずななみが偶然を装ってスイッチを押して俺が体勢を立て直すふりをしてキーを入力。うん、完璧《かんぺき》だ。実はこっそり予行練習もしていて、安全も確認している。まあモンスターが出るから完全な安全とは言えないのだが。

「あの魔法陣のどれかを選んで進むんですね……」

さあ、そろそろだ。スイッチをななみが押して――

「ふっ、私《わたくし》はどうせですから一番右の転移魔法陣を選びますわ！」

とギャビーが言いながらニヤリと笑ったときだった。凹《へこ》んだ地面に躓《つまず》き、バランスを取るために壁に手を伸ばしたのは。

『カチッ』

――――ゑ？

「あらっ！」

「ちっ、そのまま転べば良かったのに……！」

「何か仰《おつしや》いまし…………？」

怒り顔のギャビーが結花に文句を言おうとしたが、それを言い切ることが出来なかった。

ゴゴゴゴと、まるで何か重い物を引きずるような音と地震が起きる。多分俺とななみ以外は大混乱だっただろう。いったい何が起きたのかと。

揺れ始めてから間髪入れずに結花とギャビーの足下に魔法陣のような物と、いくつかの文字が浮かび上がった。

なんだか分からないけれど、結果オーライだ。今度は俺が大丈夫か、と近づいてキーを入力すればっ！

「ヒッ」

ギャビーはこの震動でまたバランスを崩したのだろう。まるで狙ったかのように文字を踏んでいく。そして彼女の近くにいた結花も足下の文字を踏む。

キーを入力すれ…………すれ…………は？

二人で五つの文字を踏み、鳴り響いた正解のファンファーレを聞きながら、思わずマジかよと呟いてしまった。

しかし驚愕《きょうがく》している暇はなかった。既にギャビー達の足下の魔法陣は起動し周りには蛍の光のような粒子がふわりふわりと浮かんでいる。

うん、間違いなく、隠し階層への魔法陣だ。でも、俺が行こうとしてる方じゃ無くね？

かわいそうなことに、近くにいた結花も巻き込まれてしまっていた。光に包まれながら呆然《ぼうぜん》とこちらを見ている。

俺がコレを引き起こそうと思ってたんだけどなぁ……。

でも心のどこかで、こんなことになるだろうなとは思っていた。

「ガブリエッラっ」

俺が光に飛び込んだ瞬間、ベニート卿の声が洞窟《どうくつ》内に響く。彼の声を聞きながらふと思う。

珍しいよな。ベニート卿があんな驚愕の表情を浮かべるだなんて。

視界が光に包まれていく。

行く寸前に見た物は「行ってらっしゃいませ」とでも言うかのように頭を下げたななみである。

ベニート卿と紫苑さんへの説明は任せたぞ。

ガブリエッラ・エヴァンジェリスタはある意味でいつも期待に応《こた》えてくれるキャラクターだ。

見た目どおり「おーほっほっほ」だなんて高笑いするし、その高飛車な性格もそうだし、良《い》いタイミングで天然のドジをかましてくれるのもそうだし、何より戦闘だって期待に応えてくれる。

今回もある意味で期待に応えてくれたんだと思う。

本来ならば壁にあるスイッチなんか押さないし、それから発生したであろう暗号式魔法陣で正解のキーを押すなど、普通の人間が出来るとは思えない。

それでもギャビーなら、あと借金先生《ルイージャ》ならやってくれそう、と思わせるのが彼女たちのすごい所で魅力的？　な所である。

大事なダンジョン攻略でやられでもしたら、人によっては本人やディスプレイに正拳突きするかもしれんが俺は大丈夫だ。

さて、転移魔法陣の先はなんてことはない。ダンジョンの隠し階層である。

ここまでの出来事は想定外だけど結果が良ければすべてヨシ……ヨシじゃ無かったかも。

ここって最後にたしかアレがあったよな。

またもう一つ予定外のことがあるとすれば、転移したところが空中だったことだろう。

「ぎゃぁぁぁぁぁあああああ！」

「きゃぁああぁぁぁぁぁぁああ！」

急に浮遊感に包まれ、一瞬驚くもすぐさま二人を捜す。まもなく見つけると二人に向かってストールを伸ばした。

同じく落下する結花はそのストールに自ら摑《つか》まり、ギャビーには無理矢理巻き付けて引っ張った。

　すぐに二人を引き寄せ腕に抱きかかえると、筋肉パラシュート……ではなくストールを大きく広げる。

　ほんの少しだが落下速度が遅くなったような気がするが、このままだと地面への衝突は免れない。

　二人を庇《かば》わないと、なんて身体強化を施していると隣で結花が防御力向上の補助魔法を唱えてくれた。

　正直感心した。先ほどまで叫んでいた彼女だったが、どうやらこの状況でも頭をしっかり働かせているらしい。純白のパンツ丸出しでしがみつき、ギャーと叫んでいるギャビーとは対照的だ。でもそんなギャビーが可愛いんだよなぁ。

　結花はなぜ俺にだけ補助魔法をかけているのか。

　いや、理由は分かるっちゃ分かるのだが、アレだよな。「瀧音さん、なんとかしろよ？」的な事なのだろう。

　すぐさまストールを限界まで広げ、パラシュートをイメージして形作ると、落下速度は更に落ちる。これなら落下の衝撃に耐えられるか、だなんて思ったがその心配は不要だったらしい。着地した瞬間、足下がぐにゃりと凹《へこ》み、体に衝撃は来なかった。

　どうやら足下はクッションだったようだ。

　感触を喩《たと》えるなら水風船だろうか。スライムを敷き詰めたような場所に着地した俺は二人をストールで抱えて、この不思議な足下から脱出し、隣のフロアへ移動する。

　よく見てみるとギャビーは顔を蒼白《そうはく》にしていた。

無理もない。意気揚々とダンジョン攻略をしようとしたら自分のミスで奇跡を起こして、何があるか分からない隠し階層に転移させてしまったからであろう。それにあの高さから落下したら普通は死ぬと思うし。

　正直に申し上げれば、今すぐに彼女を抱きしめて大丈夫だと耳元でささやきたくなるも、もちろんそんなの出来るはずもなく、場合によっては結花にボコボコにされる案件である。未《いま》だに動揺しているギャビーを座らせると「さっきのことは気にするな」と言って落ち着かせ、結花と二人フロアの様子を探る。

　ダンジョン『黄昏の道』の隠しフロアはゲームと同じく石造り系洞窟型ダンジョンのようだ。壁、天井、足下、すべてが石で出来ており、場所によっては足場に注意しないといけない。

またいつも通りよく分からない光源でフロアが照らされているから、灯《あか》りの心配は無い。

通路の先をぼうっと見ながら、腕の中で暴れていたギャビーを思い出す。

彼女のあだ名がギャビーに定着したのは、なぜか叫び声が「ギャー」と聞こえるからというのが一番の理由であった。もちろんガブリエッラが英語圏であだ名にするときギャビーになるから、という理由もあるが。

「うーん。先に進むしか無さそうですねぇ……脱出アイテムも反応しないですし」

ぼうっと次のフロアへ進むための通路を見ていると、落下したフロアを調べていた結花がそんなことを言いながら近づいてくる。

「特殊な階層なんだろうな」

一部ダンジョンや特殊な階層では脱出アイテムが無効化される事がある。

「前のフロアは駄目ですね。あんなの登れないです。このあたりがセーフティゾーンになっているっぽいのが不幸中の幸いですね」

まあ登れたところで、ここへ来られたのは転移魔法陣のおかげで、穴から落ちるだけの落とし穴では無い。よって出口がある確証も無いのだが。

「大変申し訳ございませんわ……」

俺と結花が話していると、先ほどの威勢が完全に失われたギャビーが、しょんぼりとした様子でそう言った。

「さっきから言ってるだろう。気にするなって、こういったことは起こりえるんだから」

ギャビーは見た目とは裏腹というべきか、かなり真面目で責任感が強い。だからこそ式部会には合わないとも言えるが。

「ポジティブに考えよう、ガブリエッラさんは多分誰も知らない隠し部屋を見つけた。まだ見ぬ宝があるかもしれないぞ」

「そ、そうですわね。私《わたくし》は隠し部屋を見つけたんですわ……」

だめだ。言葉とは裏腹にめっちゃ動揺してる。てか声も震えてる。

結花は心からギャビーが謝っているのが分かっているのだろう。今の彼女を責めるべきでないことも理解している。だから普段の笑顔のまま口を閉じ何も言わない。ただし苛立《いらだ》っているのは確実で、先ほどからギャビーのフォローをする度にこっそり俺の体をつねってくるのはやめて欲しい。

ただ意外なことに、結花はギャビーのように意気消沈したり慌てたりしている様子はない。慌てられるよりはもちろんよいのだが、なぜこんなに彼女は落ち着いていられるのだろうか？　俺はこの先を知っているからともかく、彼女には何も伝えていないのだから不安がってもおかしくは無い。

「結花を見てみろって、最後は結花がとどめのキー踏んでたのにこんな態度だし」

「っはぁーっ？　瀧音さん何言ってるんですかー？」

あの、ギャビーの罪の意識を軽減させるためにわざと言ってるだけです。貶《おとし》めるつもりは全くございません。お願いですからあまり怒らないで。てかお前空気読めるだろ！

「……まあ確かにそーですけどっ！」

「そ、そうですわよね！　結花さんが踏まなければ発動しませんでしたもの！」

やめてっ、背中つねらないで、ねじらないで!?

「そっ、そうそう！　とりあえず、さっさとこんな所脱出しようぜ。ななみ達も心配してるだろうし」

「そーですねぇ。はー、さっさと脱出しましょう」

プリプリしながら歩き始める結花を追いかけ、先へと進む。

さあこれからはモンスターが出始めるから、気をつけなければならない。

「なーんか変な気分ですね」

「何がだ？」

「このメンバーでチームを組んで戦闘していることが、ですよ」

そう言って彼女は『砂かけ婆《ばばあ》』の懐に入り込むと光属性をまとったガントレットで腹パンする。そして体が少し宙にういた砂かけ婆に、格ゲーみたいな超人的な動きで連続攻撃をたたき込む。

ただ、砂かけ婆を攻撃するのをモンスター達は黙って見ているわけでは無い。同時に現れたモンスターであるインプは結花を狙い、下級の闇魔法を唱えていた。

「瀧音さん」

もちろん言葉を全部聞く前にもう動いていた。ストールを展開し魔法を弾《はじ》くと、可愛らしく憤慨するインプに近づこうと足を前に出そうとしたが、後ろから追い越すように飛んで行く光槍《こうそう》を見て足を止める。

「変な気分ですって？　それは私《わたくし》のセリフですわ」

光属性中級魔法『光槍』は術者の能力によって、飛んでいく槍《やり》の数が変わる。まだ一本だけとはいえ、この時点で中級魔法が使えることはエリートの証《あかし》である……らしい。ギャビーがそう言っていたからそうなのだろう。

光槍を受けたインプは壁に激突すると、体がゆっくりと魔素に変わっていく。

弱点で攻撃されたインプを見て思わずため息をつく。……これ、どう考えても俺へのハンデだろうな。

『砂かけ婆』『インプ』さらにはここの奥にいるボスさえも光魔法が弱点のモンスターであるときた。そして普通に『黄昏《たそがれ》の道』五層まで潜る場合でも、登場するモンスターは全員光魔法が弱点である。

それはもろに光魔法が得意な結花とガブリエッラが輝くダンジョンということである。

まあ接近戦が得意な結花、遠距離戦が得意なギャビーと、得意な距離に違いはあるが。

「凄《すご》いじゃないか、ガブリエッラさん！」

「ええ、まあ、当然ですわね」

「あーはいはい、すごいですねぇ」

ったくこの先何があるか分からないのに中級魔法なんて使って。何考えてんですか？　なんて隣で呟《つぶや》くのを聞いて思わず苦笑する。個人的にはだんだんと普段のギャビーらしさが戻ってきて安心しているのだが。それに魔力不足になったら俺が魔力を譲渡すれば良《い》いだけでもある。

言い争いに発展しなそうなのを見て、魔素となって消えていく砂かけ婆のそばへ移動する。

初めてゲームでこのモンスターを見たときは、これが砂かけ婆とは思わなかった。普通は名前から見た目がしわくちゃの婆を連想するだろう。

まあ、ボロボロの白く長い髪に、深い皺《しわ》が刻まれた顔は老人っぽさがある。しかし口がやけに大きい上に、牙《きば》が生えているし、頭には小さな角も生えている。こんなの鬼にしか見えない。

小さな魔石を拾うと二人と一緒に先へ進む。

それから一時間ほど探索をした頃だろうか、やけに大きな扉とセーフティルームを発見したのは。

「ボスフロアですか。思ったよりも短いですね」

「そうですわね。初心者ダンジョンに比べても短いですわ」

探索を始めてから一時間もせずにボス部屋の前にたどりついたからだろう、結花もギャビーも驚いている。

「転移型のトラップにはよくある傾向の一つらしいぜ」

転移トラップにはいくつか種類がある。

一番多いのが、同じ階層のどこかに飛ばし迷わせるトラップだ。これは単純に同フロアであるから脱出用アイテムを使って脱出できる。

二番目に多いのが、このような独立したイベント階層や、モンスターフロア等に飛ばされることだ。イベントフロアやモンスターフロアではそのフロアをクリアすることで元の階層や転移した階層よりも深い階層に進むことが出来る。

もし元いた層に戻る場合はその場所が狭く作られていることが多く、そして深い階層へ進むことが出来る場合はかなり広めに作られていたり、モンスターの出現量がおかしかったりする。

多分ゲームのバランス調整の結果そうなったんだろう。

このイベント階層は転移した層に戻るタイプで、例に漏れず狭い。

「この先何がいるんでしょうね……」

「まあ、このメンバーなら大丈夫だろうが……。気を引き締めていこうぜ」

そう言って俺は、ストールに光属性のエンチャントを施した。そして扉を第三の手で押す。大きい扉の割りにはあまり力は入れなくて良かった。むしろ自動で開いたような感触さえあった。

開いた扉の先には広い空間が見える。小学校のグラウンドくらいか。

魔力を活性化させ扉を抜け、数歩進んだところで上空から雄叫《おたけ》びが聞こえた。

「ォォオオオオオオオオオオオオオオオオオオオオオオオン!!」

体を突き抜けるような声だった。心臓から爪の先まで同時に電気を浴びせられたような、そんな錯覚を覚えた。

まもなくして空から黒い炎の玉が降ってくるのが見え、すぐさまストールを展開する。そして呆然《ぼうぜん》と空を見ていたギャビーと、腕に魔力を込めていた結花を両腕で引き寄せた。

しっかり光属性のエンチャントを施したことがよかったのだろう。ストールに当たる度、火に水をかけたようにジュワジュワと音を立てながら消え、一つだけギャビーの目の前に黒炎が落ちた。

と同時に、一体のモンスターが空から降り立つ。

「……っ！　くっさぁーっ！」

結花が鼻に手を添えながら、表情をゆがめる。

あたりに立ちこめるは腐乱臭、目の前に四肢を下ろすは漆黒の犬、瞳孔《どうこう》も、虹彩《こうさい》も見受けられない灰色の目。これが。

「朽ちた……ヘルハウンドか」

「ォォオオオオオオオオオオオオオオオオオオオオオン!!」

　変な音波でも発しているのだろうか、まるで小さな電気が辺りで弾けているようだ。

『朽ちたヘルハウンド』は『黄昏の道』の隠しボスである。ゲームではさほど強くも無く、式部会入り出来るほど育てていれば普通に倒すことの出来るモンスターだ。……倒せるはずなのだが。

「なーんかすごく強そうに見えるなぁ」

　その見た目の迫力のせいだろうか、所持するスキル『咆哮《ほうこう》』のせいだろうか。普通に考えてどちらもだろう。

「ちょっと、瀧音さん。守ってくれたのは嬉《うれ》しいんですけど、いい加減放してください、セクハラですよ？」

　腰に巻き付けた手を名残惜しくも離すと、結花はすぐさま身体強化を施し、今度は補助魔法で俺たちの能力を底上げする。

　ギャビーは自分に補助魔法が使われたことに気がつき、びくりと体が反応する。

今初めて現状を認識したような、そんな表情だった。

「すまん、無理矢理引っ張って。大丈夫か」

「え、ええ。もちろんですわ」

駄目だ。目が泳いでいるし、しておいた方が良いであろう身体強化すらもしていない。

咆哮スキルは初めてなのだろうか。まあダンジョンに行きまくるならともかく、普通に暮らしていれば出会うことの無いスキルではあるが。

「もしかして咆哮持ちと戦うのは初めてか？　俺も初めはそんなんだったなぁ……」

あんなんビビるに決まってるだろう。ただ。

「今後も結構出てくるから、今のうちに慣れておいた方が良いぜ」

さて、なんとか彼女の気を紛らわせられればいいのだが。

「あっ……！」

しかし、その時間はくれないらしい。

こちらへ駆け出すヘルハウンドを見て、すかさず前へ出る。全長は三、四メートルぐらいだろうか。思ったより大きかったが恐《こわ》いとは思わなかった。

それは学園ダンジョンの影響だろうか。それとも訓練のおかげか。

俺の顔よりも大きな前脚でこちらを引っ掻《か》こうとするその脚に、第三の手を合わせる。

ヘルハウンドの攻撃にはそれなりの重さがある。そして近づけば集中を切る悪臭がある。

しかしそれだけだ。

踏ん張る足に力を入れ、その前脚を弾く。するとチャンスとばかりに結花がバランスを崩したヘルハウンドの横っ面を思い切りぶん殴った。

「オオオオンッ！」

「ううう、くっっっっさー！　体も臭い上に口臭も最悪なんですけど!?　体洗って歯磨きしてから来てくださいよ！」

「体が腐ってるっぽいから意味ないだろうなぁ」

と、至極どうでもいい言葉を交わしているとヘルハウンドは再度こちらに飛びかかってくる。

「正論なんて聞きたくないです！」

それに悠々と反応し、軽く避《よ》ける結花。俺は後ろを考えて対峙《たいじ》することにした。

刀に手を当て、第四の手でヘルハウンドの脚を摑《つか》むとその腹に向かって刀を振る。

「ツツツツツツオオオオン」

「じゃあ何て言えば良いんだよ」

腹に一筋の線ができ、そこから墨汁を薄めたような液体が勢いよく流れ出す。

「とりあえず女の子の意見には同意しておけば良いんですよ。それにしても、雪音さんと模擬戦した後だと強いと感じませんね。むしろ敵は悪臭？」

しかしできたその傷はゆっくりと塞《ふさ》がっていく。不死系の一部やスライム系モンスター等が持つ自己修復能力が発動しているのだろう。

ヘルハウンドは傷が少しでも回復するよう時間稼ぎをするためか、口を大きく開き黒炎を飛ばしてくる。

「そうだな、その意見には全面的に同意する」

「うっわー適当に同意するだなんてサイテーです。信じられません」

そう言いながら結花は俺の後ろに隠れた。

「いったいどうすれば良いんだよ！」

前を向いたまま左腕で後ろにいる結花の位置を調整する。そしてストールを前方に展開し飛んでくる黒炎を防御した。

「いやーななみさんの言うとおり、瀧音さんと話してると楽しいですね！」

「そうか、良かったな。この戦闘が終わったらいくらでも話してやるよ。それよりもだ。あいつ光属性が弱点だからしっかりエンチャントしろよ」

「仕方ないですねぇ、瀧音さんかけてくださいっ！」

そう言って俺の手にガントレットを当ててくる。

「何が仕方ないんだ何がっ」

「へっへっへっへっ♪」

炎がやむと結花は待ってましたとばかりに飛び出す。そしてヘルハウンドに俺が光属性を施したガントレットで、正面から殴りかかった。

結花に関してはほぼ心配ないだろう。俺と同じようにソロでヘルハウンドを討伐出来るかもしれない。問題はこちらである。

「よぉ、大丈夫か」

「だ、大丈夫ですわ！」

ようやく普段の調子に戻り始めているが、まだ少し動揺があるみたいだ。

「大丈夫だ。さっきの俺を見てただろ。俺らがギャビーへの攻撃を全部防ぐから安心して光槍《こうそう》や補助魔法、そして何かあったら回復魔法を唱えてくれ。俺、遠距離魔法が得意じゃ無いから……だからギャビーに任せる。頼むぞ」

「ま、任せてくださいまし」

魔力を活性化させたギャビーを見て俺は前へ飛び出す。そして先ほどから結花とバチバチとやり合ってるヘルハウンドに第三の手と第四の手で殴りかかった。

「大丈夫なんですかー？」

「あの様子なら多分大丈夫だろ。むしろお前が大丈夫かよ？」

「ちょっと、瀧音さんったら。どこ見てんですか、余裕ですよ、よ・ゆ・う」

「いや、この戦闘終わったらなんだけど、ガントレットが異臭放つようになったりしないかなと思ってさ」

「うぅっっっわー！　それ、笑えないんでマジでやめてください！」

腐乱臭がする武器って……一種の呪いだよなぁ。

と、くだらない話をしながらヘルハウンドを殴り飛ばすと、後ろから一本の槍《やり》が飛来してくる。

「ヤオオン！」

今までで一番甲高い声だった。光槍でかなりのダメージを受けたのだろう。

嬉しいことにギャビーや結花がいれば光の中級陣刻《じんこく》魔石《ませき》は使わなくて良さそうだ。

まあ使う場面はまだまだあるから、ここで使わないのは節約になるのでそれはそれで良《い》いのだが。

結花がひるんだヘルハウンドに再度攻撃を仕掛ける。光属性の攻撃はさぞかしイヤなのだろう。

何度も悲鳴を上げ、なんとか逃げだそうと苦し紛れに攻撃している。

二本目の光槍が突き刺さった後だった。動きが変わったのは。

先ほどは光槍でひるんでいた。

だから今回も同じだろうと追撃を行おうとしていた結花に向かってがむしゃらといった様子で前脚を振るった。

結花はすんでのところで避けたかのように見えた。しかしどうやら少しかすってしまったらしい。頬に赤い線がある。

「結花、回復もだが、一応解毒も使えっ！」

「ああもう、臭い……しみちゃったらどうすんですか⁉」

そう言って結花は下がる。しかしヘルハウンドは下がる結花に追撃を仕掛けない。代わりに、様子を見ながら横歩きをしていた。そして。

「ォォオオオオオオオオオオオオオオオオオオオオオオオン‼」

咆哮すると結花に向かって黒炎を吐き出す。しかしなぜかその炎は先ほどよりも勢いが無い。そして結花ではなく、ギャビーに向かって走り出した。

咆哮で動揺しているギャビーへ。

—結花視点—

まずい、と思った。しかしもう遅かった。

ドリルに近づいていくヘルハウンド。彼女が咆哮にひるむ気持ちは分かるが、そこで動揺してはいけない。でも瀧音さんにはさすがと言うほか無かった。彼は既にフォローに入っていた。

まあいつでもフォローには入れる距離を保っていたし、なるべくドリルとヘルハウンドの直線上に立って戦っていたから、間に合うのは当然だったのだろう。

「うおおおおおおおおおお！」

かけ声とともにそのストールで自分よりも大きなヘルハウンドをぶん殴る。

それは一直線にドリルに向かっていたヘルハウンドに直撃し、大きな音を立てて壁際まで吹き飛ぶ。しかしすぐに立ち上がり頭を左右に振って瀧音さんを睨《にら》んだ。

瀧音さんはドリルをチラリと見ると、安心させる為か、ニッと笑った。そしてすぐさま視線をヘルハウンドに向けると、ドリルとヘルハウンドの直線上に立つ。

「悪いな。ここから先は一歩も通せないんだ」

そう言って瀧音さんは悠然とヘルハウンドへ向かって歩き出す。刀に手を添え、一歩、一歩と。それも体中からあり得ないぐらいの魔力を放出しながら。

そんな瀧音さんに臆《おく》したのか、ヘルハウンドは歯を食いしばりグルグルとうなりながら、ゆっくりと横に歩く。

瀧音さんとの距離が一メートルほどになると、ヘルハウンドは跳び上がり大きく後方に下がった。下がるヘルハウンド、進む瀧音さん。この光景が物語っていた。

これが瀧音幸助さん。

これが瀧音さんなのだ。

エッチなくせにムカつくぐらい強くて、ムカつくぐらいかっこよくて、ムカつくぐらい優しくて。

瀧音さんはこのヘルハウンドと戦うにあたって、私やドリルを必要としていない。彼はやろうと思えばたった一人で、それも余裕であれを倒すことが出来るはずだ。

ヘルハウンドは顔を上に向け口を開く。

「ォォオオオオオオオオオオオオオオオオオオオオオオオン!!」

びりびりと体に振動が来る。果たしてそれは威嚇の為の咆哮なのだろうか。

笑いながら悠然と歩く瀧音さんとヘルハウンドを見ていると、それは泣き声にしか聞こえなかった。

はっと我に返ると、すぐさまドリルの様子を確認する。

何かあったのだろうか、ドリルは胸を押さえ呆然《ぼうぜん》と瀧音さんを見ていた。不安になり回復魔法を唱える準備をして彼女のそばにより、怪我が無いかを確認する。

しかしこれは。

「あー……駄目かもしれないですねぇ」

彼女は落ちていた。ある意味で手遅れだったのだろう。いや、なんとなく時間の問題だったような気もする。

ほんのり赤く染めた頬。荒い呼吸。苦しそうに胸を押さえて、熱い視線を送るドリル。その目にはハートマークが浮かんでいる。

なんだか心配して損した気分だ。脱力し大きくため息をつく。

気持ちは理解できる。

ダンジョンでの瀧音さんはムカつくぐらいイケメンだ。普段もまあ、イケメンだ。瀧音さんは知れば知るほど好きになる人だと思う。

瀧音さんの虚像に踊らされ、彼をしっかり見ていない人はそう思えないだろうけれど。

しかしクラスメイト達のように接触する機会があれば、そうはならない。そして深く関わっていくと……。

「何してるんですか。ほら、シャキッとしてください、シャキッと」

私が回復魔法をかけると、ドリルはびくりと反応しこちらを見る。何か言おうとしたのだろうか。ドリルの口が開いたとき、ぐしゃりと何かがぶつかる音がして、私たちは同時に瀧音さんの方を向いた。

そこには片方の前脚を落とし、地面に転がるヘルハウンドの姿があった。

瀧音さんはすぐに距離を詰めると、鞘《さや》に刀を戻し解き放つ。

その太刀筋を目で追うことは出来なかった。多分、隣のドリルもだろう。気がつけば刀は振り抜かれていて、ヘルハウンドは微動だにしていない。

瀧音さんはヘルハウンドを睨《にら》みつけたまま一メートルほど後退し、距離をとる。そしてゆっくり鞘に刀をしまった。それと同時に、まるで狙い澄ましたかのようにゴトリと頭が落ちた。

それを見た瀧音さんは肩の力を抜き、魔力を霧散させ大きく深呼吸し。

せき込んだ。

「くっっっっさっっ！」

バカだと思う。臭いの元の目の前でそんなことをすれば、どうなるかなんて火を見るより明らかだ。

瀧音さんはそこから逃げるように離れると、再度刀を抜いて、恐る恐る臭いを嗅《か》いでいた。

全く、何をやってるんだか。

……………。

私もガントレットに鼻を近づけ臭いを嗅いだ。

大丈夫。多分。

駄目だったら瀧音さんに笑顔で『弁償してください』なんて冗談言っておいて、修理に出すか新しいのを買おう。ちょっとお金が心許《こころもと》ないけれど、なんとかなるはず。

瀧音さんは早足で魔石を回収するとこちらへ向かって歩いてくる。しかしボスを倒したのに顔に喜びはない。

「とんでもなく臭かった」

ボスを倒した後の第一声がそれか。気持ちは痛いほどわかるけれど。

肩を落とす瀧音さんを見てふと思いつく。

こんな状況なんて滅多にない。どうせだから、ちょっとだけからかってみようか。

「あー。その、ちょっとですね、半径五メートル以内に入っていただかないで欲しいというか……」

鼻に手を添え、眉《まゆ》を顰《ひそ》め顔をそむける。

「うっそだろ……！」

効果はばつぐんだった。

「ふふっ。うそです、冗談ですよ。お疲れ様です」

そう言って私は瀧音さんに回復魔法を発動する。怪我をしているようには見えないけれど、一応。

しかし彼は不安そうにもう一度自分の服に顔を当てている。仕方ないので彼の腕をとり、胸と鼻を押しつけた。ドリルに見せつけるように。

「ほーらっ。全然大丈夫ですよ」

やっぱり、瀧音さんはエッチだと思う。

「そ、そうか。でも一応風呂《ふろ》に入りたいわ。ギャ……ガブリエッラさんは大丈夫だったか？」

じっと私を見ていたドリルは驚くようにはねると、

「え、ええ。も、もちろんですわ……その」

なんてしどろもどろになっていた。彼女はある意味で大丈夫ではない。

「あの、先ほど、『ギャビー』と私《わたくし》のことを……」

あっ……、と呟《つぶや》きながら瀧音さんの顔が一瞬ゆがむ。その、アレだ、だなんて言うものの、彼から言葉は出てこない。

瀧音さんがこんなに慌てている姿を見るのは新鮮だ。それにしても『ギャビー』ね。

ミシミシと音がして、ふと我に返る。強くガントレットを握りしめていたらしい。

「す、すまん、なんだか呼びやすくて……今度からしっかりガブリエッラさんで――」

「ギャビーで構いませんわ！　ギャビーと呼んでくださいまし！」

突然声量を上げたドリルに瀧音さんがのけぞる。

「あ、ああ。じゃあ……ギャ」

瀧音さんがそう言うのを聞いて、まずいと思った。

「わかりましたっ！　よろしくお願いしますね、ギャビーさんっ！」

気がつけば嬉しそうにしているドリルに口をはさんでいた。瀧音さんもドリルも面食らっている。

「あ、あなたに言っておりませんわっ！」

「じゃぁー私はドリルさんで」

「なんですの、喧嘩《けんか》を売っているんですの⁉」

「ならギャビーで良《い》いですねっ！　よろしくお願いしますっ、ギャビーさん！」

ヒクヒクと口もとが動いているのが分かる。でも私は撤回するつもりはない。瀧音さん一人がドリルを特別な呼び方するのを、なんとなく許容したくなかった。

ちょっとうらやましかったのだろう。

それから少しの間沈黙していたが、不意に瀧音さんはため息をついた。

「今回の勝敗は……どうなるんだろう」

そう言えば今日の本当の目的はそれだった。

「今日は疲れましたし、後日にでもしませんか？」

私がそう言うと、ギャビーがいいえと呟く。

「どうしたギャビー？」

「私《わたくし》はお二人の強さを痛感致しましたわ。私《わたくし》は実力も精神的にも、負けていると言わざるをえませんの」

先ほどの勢いはどこへやら、急に意気消沈するギャビー。

それを見ていた瀧音さんは優しい顔でギャビーの肩を叩《たた》く。

「ギャビーさ、どうして俺や式部会にこだわってるのか聞いてもいいか？」

ギャビーは自分のミスで二人を巻き込んでしまったことを、本気で悔やんでいた。それも二回目だから、余計に。ギャビーはかなり落ち込んでいた。

「私《わたくし》、ですか？」

「そ。俺に突っかかるのは式部会に関係しているんだろ。もっと言うとベニート卿《きょう》に」

瀧音さんは問いかける。

「それは、その通りですわ……。でも語る前に謝らせてくださいませ、申し訳ございません。結花さんも、申し訳ございません」

「うん、大丈夫。ギャビーに対しては最初から怒ってないから。まあベニート卿にはちょっと恨み言があるけどな」

そう言って瀧音さんは笑う。こういうときの瀧音さんはムカつくぐらいイケメンだ。

まあいい。そんなことより私も謝らなければならない。

「まあー、私も言い過ぎた感がありますね……ごめんなさい」

「いえ、怒るのも当然だと思いますわ」

そう言ってギャビーは私たちから視線を外しダンジョンの壁を見つめた。そして不意にうつむくと罪を告白するかのように、話し始める。

「まず前提として……私《わたくし》はお兄様に憧《あこが》れておりました。だから式部会に入会してお兄様のようになりたいと思っておりました」

それは……なんとなく察していた。

「私《わたくし》が瀧音様に最初苛立《いらだ》った理由は、成績をお金で買ったと思ったからです」

瀧音さんは、真剣な表情でギャビーの言葉に耳を傾けている。

「お恥ずかしいことに、私《わたくし》にはお兄様やモニカ様、瀧音様のように才能がありません。並の能力です。それを補うために、自分なりに努力してきました。勉学も、魔法も」

ギャビーは軽く言っているが、それがかなりの努力であることは分かった。学力で一位なんて努力無くして不可能だろう。

「私《わたくし》は四十層など無理だと思いましたわ。卑怯《ひきょう》な手を使わない限り無理だと。そんなことをしてトップの成績をとって嬉《うれ》しいのかと。でもそれよりも苛立ったのは、お兄様が楽しそうに瀧音様の事を話したことですの。どんな手を使って突破したのか、お兄様は自分の考えを話しました。そしてその後、瀧音様は式部会に入会した」

それを聞いて私の中でナニカがつながった。

「嫉妬《しっと》です。嫉妬していたのです。お兄様が瀧音様の入会を認め、私《わたくし》を弾《はじ》いたことで更に嫉妬は強まりました。それで私《わたくし》は突撃してしまいました」

ギャビーは唇をかみ、悔しそうに言った。

「私《わたくし》はお兄様のようになりたかった、でもなれませんでしたわ」

瀧音さんは小さく息を吐く。

「ギャビーにとってお兄様とはどんな人なんだ？」

「私《わたくし》にとってお兄様は……天才で皆の見本で世界一の人で、そして誰よりも優しい人です」

　ギャビーは語る。

「今もですが両親はいつも忙しい方達です。お父様とお母様は私《わたくし》を見てくれませんでしたわ。しかしお兄様は見ていましたわ。なぜならばお兄様は勉強が出来た。運動も出来た。魔法も堪能《たんのう》だった。しかも容姿も秀麗ですから」

　いつも一人で遊んでいました、と彼女の口から漏れる。

「お父様達はお兄様に過剰な期待をしていたのにもかかわらず、その期待以上の成果を出すお兄様に関心を寄せないはずがない。家の執事やメイドも友人達も、みんなお兄様を褒めそやした」

　そして絞り出すように言った。

「だから私《わたくし》はお兄様に憧れたのでしょう」

「勉強も魔法も、出来るからですか？」

　私がそう言うとギャビーは消え入りそうな笑顔で首を振る。

「勉強が出来る、出来ないじゃないですわ。お父様とお母様に褒めて貰《もら》えるお兄様が凄《すご》いと思ったからですの」

なんて声をかけて良いのかわからなかった。

「多分私《わたくし》はお父様、お母様に認められた……お兄様に認めて貰いたかったんだと思うんですの」

「なるほどな」

瀧音さんの言葉にギャビーは頷《うなず》く。

「それで頑張りましたわ、来る日も来る日も。そしたら仕えて下さっているメイドがいつも褒めてくれて、それが励みになりました。そして良い成績を取ることが出来たんです。それを両親に見せたのですが、あまりいい反応では無くて、代わりにお兄様が凄いぞ偉いぞと褒めて下さいました」

ああ、何となく察した。それから更にお兄さんに対する尊敬が強くなって行ったのだろう、そして同時に依存もしてしまった。

「お兄様に認めて貰い、褒めて貰うのが大好きでした。しかし最近お兄様が突き放すような事を言い、そして瀧音様の事を褒めるので、ついカッとなってしまって」

それでお兄さんから引き離して、自分が式部会に、そう思ったのか。

実はですわ、とギャビーは話を切り出す。

「私《わたくし》は自覚しています。卑怯な事が許せない事を。正々堂々が好きなのです。自分が悪になりきれない事も知っていますわ」

理解した。裏で糸を引いたのはベニート卿なのだろう。そして瀧音さんは知っていてわざと乗った。

「嘘が苦手なのです」

それは話していて、私もわかる。彼女は良くも悪くも一直線だ。

「だから式部会に向いていないことも理解しています。でもお兄様のようになりたかった」

瀧音さんが文句を言わず、むしろ彼女の肩を持つ理由が分からなかった。でも今なら分かる。

ギャビーは実はとても真面目な努力家だと知っていたのだ。だから悪意を向けられ続ける式部会が合わないことも知っていた。

お兄さんへの憧れ、向き不向き、瀧音さんへの嫉妬。それらがごちゃ混ぜになって、彼女は瀧音さんに突撃したのだろう。

「ベニート卿は多分ギャビーに自立して欲しいと思っていたんだろうな」

「自立ですの？」

「彼は自分に縛られないで欲しいと思っていたんだ。自分の足で立って、考えて、決めて、進んで欲しいと思っていたんだよ」

話を聞いていてわかったことが有る。多分、いまここが、ギャビーにとって大切な転機なのだ。

「自立するということは、自由な代わりに実は凄く難しいんだ。分からないことだらけで、先は見えなくて、敷かれていたレールは無い」

そう言いながら瀧音さんは笑う。

「ははっ。でもそれもまた楽しいんだ、過ごしているうちに分かるんだ、世界はこんなにも広くて、こんなにも色んな事が出来ると」

あームカつく。ムカつくムカつくムカつく。なんて、なんて格好《かっこ》いいんだ。

「ギャビーは自分を見つめることが出来る、考えることが出来る。だから一人で立てるんだよ、それをお兄さんに見せてあげるのが俺は良いと思う」

ぼうっと地面を見つめるギャビー。

「ギャビー。自分で考えて答えを出すんだ。どうしたいのか自分に問いかけてみてくれ」

ふと私は思った。瀧音さんの伝えたいことは多分私の方が伝えやすいだろう、と。ギャビーはお兄さんのことで悩んでおり、私もお兄ちゃんのことで悩んでいるのだから。

「瀧音さん、ちょっと」

私はそう言って瀧音さんを来させる。そして小声で――

「私にギャビーさんと二人きりで話をさせてください」

――そう言うと瀧音さんはニッと笑い私の耳元に顔を寄せる。そして小さく「任せた」と言って私から少し距離をとった。

「私にもお兄ちゃんがいるのは知ってますよね？」

「生徒会に入会されているという」

「それです。私のお兄ちゃんは正直に言うと、なよなよしているし、体の成分が七割くらい砂糖なんじゃないかって思ってますし」

「そうなのですか」

「そーなんですよ。でもですね、優しいんです。そしてここぞというときにはすこーし頼りになってくれるんです」

　瀧音さんほどじゃないですし、本当に稀《まれ》なんですけど。

「良いお兄様ではありませんか」

「まあ良いお兄ちゃんではありますね。そういえばなんですけど、最初私が強くなりたいなーって思ったきっかけは、お兄ちゃんに面倒を掛けたくないって思ったことなんです」

　昔は私の方が強かった。ツクヨミ魔法学園に来る前までは確実に私の方が強かった。

　でも私は負けた。

「でも最近負けちゃったんですよね。そしたらなんていうんですかね？　ムカつくんですよね、お兄ちゃんの癖に強くなっちゃって。私負けず嫌いですから」

　瀧音さんは苦笑している。

「私瀧音さん達とダンジョンに潜ったりしながら色々考えたんです。なーんでお兄ちゃんってこんなに強くなったんだろって。ねえ、瀧音さん、お兄ちゃんが強くなろうとしたきっかけって私が関係してませんか？」

あーあ顔にすぐ出るんだから。結構当てずっぽうだったけど本当にコレなんだ。

「瀧音さんの所為《せい》でもう一つ強くならなければならない理由が出来ましたよ。ギャビーさんに簡単に説明すると、私攫《さら》われたことがあるんです、お兄ちゃんは私を守ろうとしているんですよ」

「いい、お兄様ですわね」

「あなたのお兄さんもですよ。ま、私はお兄ちゃんの手を煩わせたくないし、負けたくないし、瀧音さんは自分のこと最強って言っててムカつくし、強くなろうかなって思ったんですよ」

「おいおい、俺をオチに使うな。それと伊織を目標にするのは骨が折れるぞ？」

「良《い》いじゃないですか。あとなんでお兄ちゃんを目標にするのが骨が折れるんですか」

私はお兄ちゃんの骨を物理的に折っちゃうぐらい強くなろうとしているのに。

「俺は最強になる予定だけれど、間違いなく伊織は最大の壁になるからな。いずれモニカ会長並みに強くなるぞ」

「なら私はそれよりも強くなれば良いだけですよねー？　あれ、そしたら私が最強ですね」

と私たちがぶつくさ言ってるとギャビーが笑う。そして私たちもつられて笑う。

「ふふ、今瀧音様や結花さんを見ていて思いました。うらやましいなと、自分らしく行動してみたいなとも」

「私たちがうらやましい？」

「ええ。そうですわ。お二方はお二方らしく生きてらっしゃるんですもの」

確かに私も瀧音さんも自分らしく生きているのかもしれない。瀧音さんなんてもはや自由だし。

「瀧音さんは見習いすぎない方が良いですよ？　この変人はですね、朝起きて軽く数十キロをランニングして、何十分も同じ型の素振りをして、花邑家の人と模擬戦して。これほぼ毎日やってるんです」

「普通じゃないか？」

一般魔法使いからしたら普通じゃ無いんですよ、まあ一緒になってやってる雪音さんもおかしいですし、リュディさんはリュディさんでかなり鍛錬しているようですし、彼の周りがおかしいだけなのかもしれない。

「それから毎日のようにダンジョンへ行って自分を鍛えて。たまに学園に来て式部会の事をこなして。なんか自分の家のじゃ無い家計簿作ってたりお小遣い管理とか意味不明なことしてるときもありましたけど」

「家計簿にお小遣い管理？　なんですのそれ……ふふっ」

「あっ、信用して無さそうな顔ですね……ほんとにしてたんですよ？　ね？」

「深い事情があるが、気にしないでくれ」

心底疲れたような声音だが、まあいいか、その事に関してはさほど興味も無いし。

「まあ訓練の話に戻りますけど、この人はバカみたいに色々やってます。強くなるのは必然ですよね」

「そこまでですのね……なんだか宣戦布告した自分が恥ずかしくなりますわ」

「そういえば瀧音さんに文句を言う人を見たことがあるんですけど、皮肉ですよね。だって『遊び呆《ほう》けて金の力で裏口入学して』だなんて言われてますけどね、私から見たら彼らより何倍も努力している人ですから」

あ、それはギャビーも同じだったか。瀧音さんと二人で苦笑している。まあ、いい。

「普通に考えれば分かるのに。単純に天才だからって、あんなこと出来るわけがないのに。私《わたくし》はイメージが変わりましたわ」

神妙な顔で頷くギャビー。

「ただ凄い人だなと思う一方、とってもエロ助なところが評価下げてるんですよねぇ」

そう言うとギャビーはぷっと吹き出した。瀧音さんは顔色を変えた。

「ごめんなさい八割嘘です。そこまで凄くないです」

「エロい方を否定してくれ！」

　少し、元気が出てきたようだ。

「ギャビーさん、式部会やお兄さん、そして自分の事。ゆっくり考えると良いと思いますよ」

「ええ……そうします。ただ結花さん」

「なんですか？」

「ありがとうございます」

　つきものが落ちたような顔で彼女は笑っていた。

「私《わたくし》は……負けてしまいましたから学園を去ろうと思います」

「えっ、勝負はしてないし、それは無効じゃ」

「けじめをつけたいのです」

　ホント、曲がったことが嫌いなのだろう。

　てか泣きそうになってるじゃないですか。なら辞めなければ良いのに……でもかなり頑固そうなんですよねぇ。

　いったいどうすれば……。

「じゃあ俺の勝ちだな。なあギャビー、約束覚えてるか？」

　はっ？

「ちょ、瀧音さん何言ってるんですか!?　すりおろされたいんですか？」

馬鹿なんじゃないですか、そんなこと言うと本当に彼女は辞めますよ!?

しかし瀧音さんは私を無視して話し続ける。

「なあ、約束覚えてるよな？」

「約束ですの？　あっ」

約束って辞める以外に土下座と……ああ、ありましたね。何でも言うことを聞くというヤツが。瀧音さんのことだ、ここまで読んでその約束を入れたのか。

なんだか瀧音さんの手のひらで踊らされてる気分でちょっとムカつく。

「ド変態っ！　鬼畜！　瀧音幸助っ！」

だからとりあえず罵《ののし》っておこう。

「うるせえ、そんなこと言うわけ無いだろ！　ごほん、ギャビー」

「……なんですの？」

「お前は俺に負けた、だから言うことを聞け」

ギャビーは身構える。

「この学園で楽しそうな笑顔を見せてくれ。今みたいな顔じゃないぞ、笑顔だ。それも」

そう言って瀧音さんはウインクする。

「俺たち全員が卒業するまでだからな」

ちょっと引きそうになるぐらい号泣したギャビーが、ようやく落ち着いたところで私たちは行動を始めた。

「結花？」

「どうしたんですか瀧音さん？　そんな小声で」

「少し先になると思うが、聖女やギャビーの家の事でちょっと協力して貰《もら》うことになると思う。そのときは頼むぞ」

「まー私に出来ることでしたら良いですけど、なんで聖女が出てくるんですか？」

「聖女に関係する家なんだよ、詳しくは調べ終わったら話すからあんま気にしないでくれ」

どこからそんな情報を得てるんだろう、花邑家だからだろうか？　ちょっと気になる事もありますが、とりあえず。

「じゃーさっさとこのダンジョン進んで脱出しましょう。ボスが来たんですからこの先は宝箱とかゴールですよね！」

　ボスを倒したことで現れた転移魔法陣に向かって歩き出すと、瀧音さんは大きな声で「あっ」と叫ぶ。

　そして慌ててこちらに近づいてくる。

「ちょ、ちょっとまった」

「どうしたんですか？」

「いや、そのだな。急に回り道をしたくならないか？」

は？　と思わず声が出る。

「いきなり何を言ってるんですか？　一本道じゃないですか」

だからこそここを進まざるを得ない。

「そ、そうなんだけど。なんだかこの先はイヤな予感がするんだ」

私は今のところ感じないけれど。

「そうは言っても他に道はあるんですか？　行きましょう！　ほらドリ……ギャビーさんも！」

そう言って私は瀧音さんの背を押して先に転移魔法陣に入れると、何か言いたげなギャビーと一緒に魔法陣へ入った。

そこにあったのは一つの宝箱、そして何かの魔法陣と、投影機のような物。それから起動していない転移魔法陣だった。

「宝箱ですわっ！」

隠し部屋の先、それもボス戦後の宝箱。どうしても期待してしまう。見たところトラップも無さそうだし、開けてよいかと瀧音さんに聞くと、彼は観念したように頷《うなず》いた。

先ほどからの行動に違和感を持つものの、とりあえず宝箱を開けることにした。

八章

▶ » « CONFIG

スケスケベダンジョン

Magical Explorer

Reincarnated as a Eroge Hero's Friend, I'll live freely with my Eroge knowledge.

「これは………服？」

入っていたのは形と色の違う五着の服だった。

ええい、何を今更迷っているのだ。ここに来る前に覚悟は出来ていたじゃないか。

結花《ゆいか》の手に握られているのは、服。それも魔法少女が着てそうな服。残念なことに日曜日の朝……ではなく深夜に放送されそうな際どいヤツだ。

「なんだか不思議な力を感じますわ」

「何らかの魔法がかけられているのは間違いないですねぇ」

「それにしてもですわ……その、この服のデザイン……」

「ホント、すっごく際どいし恥ずかしいんですけど。性能が良くても着るのは躊躇《ためら》われますね」

いやいや、喜んで着るやつ何人かいるから！　それに一部のキャラには魔法少女のコスプレをさせると能力が大きく上がるのもいるんだぜ！　見た目は真面目清楚《せいそ》系メガネっ娘《こ》な生徒会副会長フランとか。あの人って恥ずかしいからイヤとか言うんだけど、実は着たがってるんだよな。そしてすっごく似合う。

　いや、今はそんなことどうでも良《い》いんだ。

どうする？　とりあえず魔法陣に魔力を込めて投影機を起動させるべきか。一応ゲームと同じであることを確認しておきたい。

　と投影機の魔法陣に魔力を込める。すると結花は驚いて俺を見たが、画像と古代文字が映し出されたため後で聞こうと画像を見つめる。

「なんですの、これは？」

「……なんでしょうねぇ？　文字は読めないですけど、絵の方はなんとなく分かります。ええと宝箱の服を着て冒険している絵ですね」

　俺も字は読めない、でもこの絵を見て確信した。

　やっぱりそうだよな。この箱に入った服着て進んでるしな。

「それにしてもなんですの？　この水をかけられて両腕で胸を守るような絵は？」

「目が×マークになってますし、単純にトラップがあるということではないんですかね？……あれ、どうしたんですか瀧音《たきおと》さん、挙動不審ですよ？」

「な、何でもない」

「……もしかして、瀧音さん古代語分かります？」

ジト目でこちらを見る結花。俺は何かしただろうか？　鋭すぎる。

だがどうする？　普通に考えたら伝えなければ進めない。かといって全部伝えるのは抵抗がある。

「す、少しだけなら分かるぜ」

「ほんとですか⁉　じゃあアレは？」

そう言って彼女は服を着た女性を指さす。その横にはクネクネした道が描かれていた。

「まず、ここのダンジョンはこれで終わりではないらしい。これからもう少し続くみたいなのだが……」

「このクネクネしているのは通路でしたのね」

「それでだ。書かれている事によるとだな。ええと、女性達がこの服を着ないとこの先へ進めないみたいなんだ……！」

俺がそう言うと結花の表情が変わる。ジト目から威嚇に。

「っはぁーっ？」

「ゆ、結花、君は今他人に見せてはいけない顔になってるぞ」

「だってそうじゃないですか。瀧音さん、自分の言葉をもう一度咀嚼《そしゃく》してください。なんで私がこんなの着なくちゃいけないんですか？」

「ちょ、ちょっと落ち着いてくれ。ほら、あれだ、開放感あふれてて良さそうじゃないか？」

「っはぁーっ？　頭沸騰しちゃったんですか⁉　じゃあ瀧音さん、Ｔバックでハイなレッグ見せつけるパンツはいて、開放感あふれてて最高とか言ってくださいよ！」

「ド変態じゃないか！」

「瀧音さんが今言った事じゃないですか！」

「だ、だって俺書いてあることを喋《しゃべ》っただけだし……それ着ないと先進めないみたいだし……そ、それにだ、アレを見ろって」

　と俺は壁に描かれた丸い物と四角い物を指さす。

「優秀な成績を収めれば、記念のメダルがもらえる上に、賞状ももらえるみたいだぜ」

「競技会じゃないんですよっバカですかっ！　そんなのいるわけないじゃないですか！　そもそも優秀な成績ってなんですか⁉」

　俺もそう思う、とてつもなくいらないわ。だがな、ゲームでは賞状が大切なアイテム扱いで、捨てることの出来なくなるアイテムでもあるんだぜ。それを捨てるなんてとんでもない！

「その、だ。この先に罠《わな》がいっぱいあるらしくてだな、それをうまくくぐり抜ける事で優秀な成績になるんじゃないかな……？」

「り、理解しましたわ。両腕で胸を守る絵は罠を踏んでしまって身を守ってる絵なのですね」

そうなんだけど、違う。そうなんだけど、違うんだぁぁぁあああっっっ！

そこら辺のギャルゲだったら確かにそれで終了かもしれない。でもな、これはエロゲでマジエクだぜ？　こんなので終わるわけないじゃないか!!

「……瀧音さん。何悶絶《もんぜつ》しているんですか」

「えっ、いやその」

「…………………………ちょっとこっち来てください。ギャビーさんはそこで少し待っててください！」

結花に腕をがっしりと摑《つか》まれ、ブツブツ言うギャビーをおいて一つ前のフロアに戻る。

「さー、瀧音さん。吐いてください」

すごく可愛い女性に壁ドンされて嬉《うれ》しいんだけど恐怖が勝ってる。でもやっぱり嬉しい。

「な、何をかな？」

「ほんとは何か知っているんですよね、怒りませんからはっきり仰《おっしゃ》ってください」

何で分かるんだよ！　俺何も言ってないぞ!?

どうしようか悩んでいると、不意に結花が少しだけ寂しそうな顔でため息をついた。

「ねぇ……瀧音さん。瀧音さんは理解されてないかもしれませんが、私は瀧音さんにとても感謝しているんです」

「それは――」

「すみません、もうちょっと私の話を聞いてください。私は感謝していると同時に信頼もしているんです。リュディさんや雪音《ゆきね》さん、そしてななみさんも心から信頼しているようですし、何より今まで私にしてくださったこともありますし」

そして結花は目に掛かった茶髪を耳にかけ、あどけない笑みを浮かべた。

「後ほど……私が悩んでいたことも全部包み隠さずお話しします。そうですねぇ、なんならスリーサイズもお教えしますよ！　だから瀧音さんも話してくださいっ♪」

ゑ？

「しゅ、しゅりーさいず？」

なにアホなこと言い出してんだ！　変な薬でも飲んだのか⁉

「なに小学生みたいな言い方してるんですか。それくらいの覚悟があるって事と、そういった内容なんじゃないかって想像していただけですってば！　あれぇ？　もしかして瀧音さんったら私のスリーサイズ気になっちゃうんですか⁉　この瀧音エロ助っ♪」

指で胸をつつくな！

それと悪いんだけどな、俺はもうお前のスリーサイズ知ってるんだよ‼‼

てか。なんでエロい内容だなんて分かるんだよ⁉　俺何も言ってないよな？

ああもう、ここまで来たら包み隠さず話してしまった方が良いか？　でもアレだぞ？

しかし話さない方が…………あああ！

駄目だ、ちょっと深呼吸しよう。

話すべきか話さざるべきか。完全に知らんぷりする事も有りだった。何かあったとしても命に関しては別状はないだろうし、強いて言うならダンジョンで転ばないように注意してぐらいなものだ。

だがここまで読まれているなら話さざるを得ない、か。

何かあったら結花に冷たい目で見られるのは確定だ。まあ、この後の事を話すだけで冷たい目で見られるような気がしなくもないが。

でもこんなに話して欲しいと言われて、隠し続ける方が無理だ。

「わ、分かった。ただ、怒らないで落ち着いて聞いて欲しい」

「怒りませんよ……！　そもそも瀧音さんのせいではないじゃないですか」

そうだよな。俺もそう思う。

「う、うん。よし、では……実はだな、あの古代文字で書かれていることは服を着ろだとか、そういったことだけではないんだ」

「まあそれは分かってました」

だよなぁ。

「それでな、画像にはその、水がかけられる絵があっただろ？　実はさ、罠が発動すると水が吹き出るんだが……アレは罠を踏んで水を被《かぶ》った時のやつでな」

「へぇ、あの絵はやっぱり水を被ったところだったんですね」

どう言えばダメージが少ないだろうか？　なんとかクッションをはさんでダメージを小さくしたいのだが。水、水、水と言ったら？

ヤバイ、何も思い浮かばない！　ならば適当な事でぃい。何かを！

「そ、それでだな。やっぱ水って透明じゃん？」

「……急に何言い出してるんですかね？　当然ですよ？」

「そして服ってさ、暖かいじゃん？　だから水をかけると透明になりたくなる種類の物ってあると思うんだ」

「言ってることの何もかもが目茶苦茶なんですけど？　そんなの、あるわけないじゃないですか。透明になりたくなる服とか頭おかし……………ん？　水をかけ、かけ………っっ！」

「じ、実はあの服っ。水をかけると、スケスケになるんだっ！　てへっ！」

「……っっっっっはぁぁぁぁぁぁぁあああーっ？」

「み、水をかけるとスッケスケになるんですぅぅぅう！」

バカだよなぁぁぁこの作品の制作陣んん！　もちろんロードしまくり、自ら水に突っ込みまくりで全員のＣＧ集めさせていただきましたぁぁぁあああああ!!

「バカじゃないですかっ!?　何でそんな服宝箱に入ってるんですかっ？　何でそんな服着

ないと先に進めないんですかっ⁉」

普通に考えてみろよ、宝箱にエッッッなシーンで使うアイテムが入ってるのは当然だろ！　そしたら着るのは当然だろ⁉　水に突っ込むのも当然だよなぁ。

「ゆ、結花？」

顔を下に向け握り拳《こぶし》を作りプルプルと震える結花。表情はよく見えないが耳まで真っ赤にしている。

「り、理解しました。罠を踏んで水を被ると、胸が丸見えになるんですね…………！　だから隠すために胸の前に手を……！」

「す、すまん。ただこれだけは言いたい、俺のせいじゃないんだっ！」

「そんなの分かりきってますよ⁉」

　何が悪いかって制作陣が悪いんだっ！　決して俺のせいではないんだけど、やっぱりこういったボス戦イベントの後に、紳士達《エロゲプレイヤー》はエロシーンを求めているのであって、それを制作陣はしっかり理解していて、彼らが期待に応《こた》えたのかもしれないのだけれど、俺達エロゲユーザーはしっかり口だししたわけではないし、どうであろうと、ここにエッッッなシーンを入れたのは制作陣だ。

　だから悪いのは全部制作陣だ!!　なーんて言えるわけないよなぁあああ!!

って現実逃避しても駄目なんだよ！　なにかフォローを、スケスケ魔法少女服を着るというマイナスを多少緩和させるような何かプラスなこと……！

そ、そうだっ！　あれがあったじゃないか！

「ま、待ってくれ。だけどな。朗報もある。水を一度も浴びずにここを抜けると記念のメダルがもらえる上に、なんと賞状ももらえるんだぜ!?」

「やったー賞状ゲットですっ！　ってなるわけないじゃないですか、ムカデの足ぐらい要りませんよ!?　さっき言ってた優秀な成績って水を一度も浴びないって事ですか!?」

ムカデの足は言い過ぎダルルォ！　一応賞状だぞ!?　でも『賞状』と『水を浴びて入手出来るエロＣＧ』を比べたら、賞状なんてクソゴミはムカデの足と同程度の価値です!!って賞状はムカデの足並みだった!?

「ううううう！　分かりました、ええ、分かりました!!」

「わ、分かった？」

「決めました、着ます」

「は？」

「着ます！　着てやりますよ！　着て進んでやります、罠を回避して水を一度も被らなければ良《い》いんですよっ」

そう言って俺の胸ぐらを掴《つか》む。顔は真っ赤なままで、血色の良い唇はプルプル震えていて、決意の目で俺を見ていた。

インパクトのある話が続いたから、実はあの魔法少女服自体がエッッで際どいことを忘れているような気がするけど、やぶ蛇だろうから何も言わない。

「ギャビーさんには……この件は伝えないでおきましょう。何が起こるか分からないので」

言っても言わなくても何か起こりそうな気がするのは俺だけか？

「何も言わないで下さい。じゃあ、私はギャビーさんを誘ってあっちで着替えてきますね、呼ぶまでここで待っていて下さい」

そう言って俺から手を離し、くるりと後ろを向いて歩いていく。

その姿を見て俺は慌てて呼び止める。

「まった、まった。良いのか⁉　何かあったら……」

スケスケなんだぞっ⁉

「どっちにしろ着なきゃ進めないんですよね？　それに」

振り返ると彼女はゆっくりこちらに近づいて、俺の胸におでこを当てた。

「瀧音さんは、もし私が罠を踏んでも……体をはって守ってくれますよね？」

「……あ、当たり前だろ⁉」

「ですよねっ！　じゃ、着替えてきます！」

タッタッタと転移魔法陣のそばへ行くと彼女は不意に立ち止まる。そして背を向けたまま「瀧音さん」と俺を呼ぶ。

「どうかしたのか？」

「あのですね。一応、言っておこうかと思って」

「言っておくって何をだよ？」

「他の男性には絶対にイヤなんですけど、瀧音さんには……少しくらいなら見られても大丈夫ですから」

　そう言って彼女は魔法陣の中へ入っていった。

　マジエクの制作陣は讃《たた》えなければならない素晴らしい人物たちである。

　本来エロゲやギャルゲというモノは、ストーリーやキャラもそうだがエチエチなシーンにも力を入れて制作される。

　当然、そのシーンを求めているユーザーがいるので、力を入れない訳がないとも言えるのだが。

　マジエクの制作陣だってもちろん力を入れていたし、そのシーンを作り出すにあたって妥協はなかった。そう、設定も。

　初めてゲームをプレイしたとき、俺は期待と同時に不安を抱いた。上から服着れば良いんじゃない？　なんてヒロインの誰かが言うのではないかと。

しかし制作陣はそれを見越していたのか、思いつく限りの設定をぶち込んでいた。

「肌と魔法少女服が重なることにより魔力が服に供給され、ダンジョンの所々にあるダンジョン障壁を自動的に解除している」

だとか、

「また魔法少女服を隠すため上から衣類を着ると、魔力がうまく放出されず障壁に阻まれ進めなくなる」

そんな設定を徹底的にぶち込んでおり、ヒロイン達が試行錯誤してなんとかズル出来ないかを試すがそれはことごとく失敗に終わる。上から服着たら進めなくなって、真っ赤になりながら服を脱ぎ捨てるあのシーンは最高だった。

そう。どーしても、しかたなーく着ざるを得ず、恥ずかしさのあまり縮こまるヒロイン、屈辱のあまり震えるヒロイン、ステッキ持って決めポーズしてくれるヒロインなんかを堪《たん》能《のう》できた。

だからこそ制作陣を讃えなければならないと思った。

今すぐ祟《たた》ってやるよ！

いったいお前らは俺をどれだけ追い詰めれば気が済むんだよ。普通に考えてさ、エロ装備を着ないと先に進めないだとか、水をかけるとスケスケになるだとか実際に経験してみろよ！　ゲームではボーナスにしか見えないかもしれないが、現実でやられたら罰ゲームなんだよアホか！　俺はそれを要請しなきゃいけないんだぞ!?

「やっぱ駄目だったか……」

「見えない壁に阻まれましたねぇ」

　そう言いながら服を収納袋にしまう結花。彼女は件《くだん》の魔法少女服を着ているが、なぜか堂々としている。

　脇オープン、胸強調、ミニスカ太もも。御三家そろえた衣装を生み出した制作陣に極限の感謝をせざるを得ない。

「結花はすごく余裕有るなぁ」

「なーに言ってるんですか。ヤケですよヤケ。良いですか瀧音さん。こういう時はですねえ、開き直っちゃった方が良いんですよ！　恥ずかしがるから余計に恥ずかしくなるんです！」

　そう言って彼女はチラリとギャビーを見つめる。つられて俺もギャビーを見つめる。

「私《わたくし》が……こんな格好を………！　っっっ！」

　スカートをつまみ、プルプルとしているギャビー。

　俺が見ているのに気がついたのか、彼女は恥ずかしそうに両手で体を隠そうとする。

ギャビーと結花を比較すると、まさに結花の言うとおりだ。しかしそれを実践できるのがすごいと思う。だが俺は気がついている。結花の顔は赤いし手が少し震えている。

俺の視線に気がついたのか、結花は更に顔を赤くしジト目でこちらを見る。そして何かを思いついたのか、俺から少し距離をとるとにこりと笑った。

「ほーらどうですか？　似合ってますか？」

そう言ってスカートの裾《すそ》をつまみ、その場でくるりと回転する結花。

回り終わると足を少し前に出し、スカートの裾をつまんでチラチラと少しだけめくる。

みえ、みえ……見えない。

あのさあ。

そういうの、やめていただけないだろうか。俺はこう見えて常識を持った紳士で、そんな破廉恥な行動をされたら、平静を装いながら般若心経《はんにゃしんぎょう》を頭の中で唱えるだけで精一杯なんだ。

わかるか？　ただでさえこっちは全身全霊で自分の意識を封じているっていうのに、コメントを求めるだって？　無茶言ってんじゃねえよ！

似合ってるか、だったか？

もちろん似合ってるよ。おかしいぐらい似合ってるよ！　俺がおかしくなりそうなくらい似合ってるよ！　ほわぁあああああああああああああああああ！

　あとさ、お前なにスカートつまんでほんの少しめくったりしてるんだよ！　ただでさえ際どいスカートなんだぞ、バカじゃねえの？　絶対領域侵入の疑いで逮捕されるぞ！　しかもだ。なんだよ、その健康的で文化的な限界突破の太ももは。エチエチ過ぎるだろう！

「ほらほら瀧音さーん、どうなんですか？」

　精神が壊れちゃいそうだよ。

　いや駄目だ。心を落ち着かせろ。アレは大根、大根、大根だ。
ちょっと厚みがあって、まっしろで、すべすべで、すごく柔らかそうで、良い匂いがしそうで、挟まれたくて、タイツも合いそうだけどやっぱりニーソが一番映え……って大根じゃないぃ!?

　くっそ、心よ静まれ……ただでさえエロ助だとか言われてるんだぞ、落ち着け落ち着け落ち着け。これ以上変な印象を与えたくない！　ここは無理に言葉を考えなくて良い。シンプルでクールに紳士らしく返せればそれでいい！　紳士にクールにシンプルにだ。

「ふーん、えっちじゃん」

　あ゙あ゙あ゙あ゙あ゙あ゙あ゙あ゙。

　なぁぁにを言ってるんだ俺は。クールでシンプルに欲望丸出しじゃないか！

「なんですかーそのやる気の無いうっすい反応？　嬉《うれ》しくないんですかー？」

まさかの結果オーライィィ!? 適当に言ったと思われてる!? 取り繕うんだ。

「冗談だ、すっげーにあってる。ギャビーも、すげーにあってるぞ。めちゃくちゃ可愛い」

「ですよねぇ！」

「……と、とうぜんですわ」

消え入りそうな声のギャビー。間違いなく恥ずかしいのだろう。

ギャビーは恥ずかしいと思いながらも、ちょっと強がってるところが最高に良《い》い。

また彼女は着痩《きや》せするタイプなところもすばらしい。出るところはしっかり出ていて、姉さんのような、悩ましくて包まれたくなる体つきをしている。

まあそれは良いのだが、問題はその服の特殊性にあるんだよな。

水を被《かぶ》るとスケスケになることは言っていない。喋《しゃべ》ったらどうなるだろうか。最悪、ここから一歩も動かなくなるか？ まあ水を浴びなければバレることはない。

単純な話、俺が体をはって二人を守れば大丈夫なのだ。俺は濡《ぬ》れたって構わないんだし。彼女たちの濡れた姿を見たいのはやまやまなのだが、当然そんな事出来るわけもないし。

「よし。じゃあ、行こうか」

そう言うと元気に大股《おおまた》で歩く結花、そしてまだ少し恥ずかしいのか小股で歩くギャビー。

俺が二人の後を追って転移魔法陣の近くへ行こうとしたときだった。

何か見えない物にぶつかったのは。

「えっ？」

痛みはなかった、衝撃もなかった。ただ単純にその先に進めなかった。

「どうしたんですか、瀧音さん？」

不思議そうにこちらをのぞき込む二人。二人はこの見えない壁の先にいるような……？

「いや、なんか見えない壁みたいなのが？」

俺は第三の手で思い切り目の前を叩《たた》く。

しかし第三の手はとある場所から前に進まない。音もしない。

「ん？　見えない壁……？　ついさっき私が…………あっ！」

不意に結花が大きな声を上げ、俺を見つめる。そして自分の体を見つめ、今度はギャビーを見つめ、また俺を見る。

ギャビーもつられて全員を順に見つめる。そして結花と同じように「まっ」と声を上げ、このフロアにある宝箱を見つめた。

「あっ……」

思わず声が漏れる。

結花とギャビーのとてつもなく似合ってる魔法少女服を見て、宝箱の上に載せられた三枚の魔法少女服を見て、俺の服を見て。

理解してしまった。

「はぁぁああああっ!?」

「瀧音さーん、どうしたんですか？　他人に見せてはいけない顔になってますよー」

「だってそうじゃねえか。結花、よく考えてもみてくれ。なんで俺がこんなの着なくちゃいけないんだっ？」

「ぷっふぅー！　開放感あふれてて良さそうじゃないですか！」

「お前なぁああああ！　さっき俺が言ったことを、ここぞとばかりに言いやがって！　先ほどは大変申し訳ありませんでしたぁあぁあ」

「なんだか立場が逆になってますわね……」

「いやぁぁもうド変態、ですねぇ♪」

「なんでお前はそんなに嬉しそうなんだっ!?」

おいこの設定考えたやつマジで出てこい！　そして今すぐ土下座しろ！　いったい誰が魔法少女のコスプレしてスケスケベダンジョンを攻略したいというのだ!?

「大丈夫です瀧音さん！　優秀な成績を収めれば、記念のメダルがもらえる上に、賞状ももらえるんですよ！」

「すまなかった！　心から謝るからこれ以上はやめてくれ！」

「謝るとか、別にいいですよ。じゃ脱ぎましょうか！」

おいおいおいおいおい、ちょっと待て。

「おい、何で手をワキワキさせてこちらに近づいてくるんだ？　ちょ、ちょ、頼む。精神を落ち着ける時間をください、ってなんでギャビーも手をかけてるんだ。一人で着替えられるから、やめ、やっ、ヤメロォ！」

あなたは壁を、越えたことはあるだろうか。

努力したり、苦しんだりして、壁を越えたことはあるだろうか。

俺は……今大切なモノと引き換えに、壁を越えた。

ああ、なぜだろう。俺があんなにも第三の手で殴りつけても微動だにしなかった壁は、まるで最初からなかったかのように通過出来た。

でも、間違いだと言って欲しかった。

俺が魔法少女の服を着ているだなんて。

『魔法少女』とは小学校低学年ぐらいの少女や大人のおじさん達を熱狂させる、いわば『夢』のようなモノで、個人的には一種の『聖域』だった。

俺が魔法少女の服を着るだなんてことは、その『聖域』を汚してしまったかのような、それでいてその『聖域』と一体化し自らの心が浄化されるような、不思議な気分にさせた。

多分、生まれ変わった、というのが一番近いと思う。

今いるのは薄暗くてジメジメしているダンジョンではあるが、俺は広大な草原に両腕を広げて寝転んでいるような、そんな気分だった。

もう何も恐《こわ》くなかった。

「プッ、プププ、た、瀧音さん、に、似合ってますよっ」

「そうか」

「そ、そうですわね、ブフゥ、ええ、その。思ったよりも似合っておりますわッッ」

ギャビー、お前もか。

だが今の俺はそんなちっぽけなことは気にしない。

「ああ、良い空気だな……」

「ここダンジョンなんですけど、あまりに嬉しくて壊れちゃいましたかね？」

「まるで悟りを開いたかのようですわ。瀧音様、大丈夫ですか？」

「大丈夫だ。世界がキラ★キラして見えるぜ」

「なーんか、駄目そうですね。私ウィッグなら持ってますけど、被せます？」

「……それは素晴らしい案ですわ」

俺をおいて女装レベルを上げないでいただけないでしょうか。てかなんでお前らそんな普通に会話してんの？　俺を女装させる時に結託でもしたの？

「ほら、シャキッとしてください！」

「でもなぁ。テンション上がんないんだよな」

「じゃあ、決めポーズでもしましょう。ななみさんが言ってましたよ？　決めポーズをすると身も心も引き締まるって」

　ななみと結花の会話ってどんな世界が広がってるんだろうか。姉さんとななみの会話よりは常識的なのが展開されてるとは思うが。

「三脚を持っているので写真を撮りましょう。実はななみさんから借りてたんですよねぇ」

「お前らは黒歴史をわざわざ形に残すのか……？」

「最初は恥ずかしかったんですけど、なんか今はもう面白くなって来ちゃって。それに瀧音さん、しっかり全身が写った姿を見てみたいと思いませんか？」

　まあ恐い物見たさで、自分がどうなっているのか見たいっちゃあ見たい。てかななみから三脚を借りたと言っていたけど、どういう経緯で借りたんですかね。

てか、なんでギャビーは杖《つえ》もってポーズをとってるんだ？　あんなに恥ずかしそうにしていたのに、俺を見て恥ずかしさが軽減したのだろうか。

「さ、瀧音さん。一番大事な真ん中をお願いします。ギャビーさんがそっちなら、私は反対側にしますかね」

「私《わたくし》の腕はもう少し上の方が良いかしら？」

「その辺りが良いと思いますよ！」

なんか、仲よさげ？　に二人が話している姿を見ると、あまりイヤと言えないんだが。

いつあんなに仲良くなった？　二人が着替えてるときか、俺が着替えている間に何かあったんだろうなぁ。あんなにいがみ合っていたのに何があったんだろう。

……ほんと楽しそうに話してるなぁ。

覚悟を決めるか。

「やればいいんだろ、やれば!!」

既にポーズを取ってるギャビーの横に立ち、腰を落とし刀に手を添え、抜刀の構えをする。

結花がツクヨミトラベラーを三脚にセットして、こちらに来ると俺の頭に何かをかぶせた。これは。

「ウィッグ？」

「動かないでくださいね……！　これはここに流しましょう」

スッと白い腕が伸びる。彼女は髪をつまむと整えてくれるが、忘れていないだろうか。

その服は脇オープンなんだぞ？

その白くて綺麗《きれい》でなぜか神秘的で背徳的な脇を見せられると、体というか心が揺れ動いちゃうんだけど。

うん。余った二着を自分の荷物に入れておいたのは正解だった。

「ふふっよーしっ！　じゃあ撮影しますよ」

そして結花は俺の後ろに回ると、はいチーズ！　と声をかける。

そして撮影された写真を見て理解した。

たった今、黒歴史が誕生したのだと。

なんとか記憶を抹消し、魔法陣の先へと進む。

依然として同じ洞窟《どうくつ》型のダンジョンが続いていた……のならば良かったのだが。

「綺麗ですわ……」

石レンガ造りの壁から流れる水、そして数ミリほど水が流れる床。これは俺たちを殺しに来ているのに違いない。

そしてここからはトラップ大量のフロアである。残念なことに俺の持つ指輪では感知できない最上級の罠《わな》達である。

くっそ、ゲームの伊織《いおり》はどうして壁に阻まれなかったのだろう？　描写はなかったが魔法少女服を着ていた可能性が微粒子レベルで存在している？　正直見たい。

予定外といえば、ななみと初めて会った時もそうだった。ゲームに無い選択肢が出てきて……すべてがゲーム通りと考えるのは止めていたつもりだが、まだ意識が低かったかもしれない。今回はただの服だし、何らかのイベントで致命的なミスをしたわけでは無い。

精神的な意味で致命傷を負いかけているが。

ただストールを装備したまま来られたことは不幸中の幸いだろう。武器扱いなのだろうか？　上下左右から水でも飛ばしてみろ、俺が光の速さで防御してやる。

しかし体にストールをかぶせて隠そうとすると壁に阻まれるんだよなぁ。服の周りに何らかの魔力が放たれているのだろうか。まあそこら辺はエッロサイエンティストなら分かるかもしれないが、俺には分からん。だいたいの準備が終わったし、彼女に会いに行かなければならないな。

てか防御できなかったら、二人はエロハプニングで俺は放送事故だ。必ずなんとかしなければならない。

気合いを入れ集中しよう。

「あら、なんですのあれは？」

そう言うギャビーの視線の先を見る。石造りのダンジョンの天井から、なぜかくす玉の紐《ひも》のようなモノが伸びている。どう考えても怪しい。

そしてそれに向かって歩き出すギャビー。

「待て待て待て！！！！！！」

「ストップです、ギャビーさん!!」

「？　大丈夫ですわ、さすがに引きませんもの」

確かに引かないかもしれないけれど、ギャビーだったらその手前で躓《つまず》いて紐を引っ張る未来が見える。

「！　瀧音さん私、何かイヤな予感がします……！」

「本当かっ!?」

「ええ、あの辺りがヤバイと私のカンが言ってます」

結花のカンがそう言うんだ、間違いないだろう。

すぐさま荷物をあさり、土の下級陣刻《じんこく》魔石《ませき》を取り出す。紐の辺りを狙って陣刻魔石を発動させた。

すると魔法陣が俺の前に浮かび上がり、そこから人の頭ぐらいの石が飛んでいく。そして紐の横の地面にぶつかった。瞬間、下から水が噴き出した。

それはすぐに勢いを失ったが、ヌレヌレにさせるには十分な量である。

「なんですの。ただの水ですわ。こんなので私《わたくし》達を止められるとおもっているのでしょうか」

「……な、なんて卑劣な罠なんだ」

「や、やっぱぁいですよこれ⁉　的確に急所を狙ってます」

眉《まゆ》を寄せ、俺たちを見るギャビー、すまないが話すことは出来ない。

それよりもあの罠だ。結花の言う通り、この水は下半身という急所を的確に狙ってきてる。確かに戦闘では急所を狙うのは当然なのだが、こんなところでそんなものを仕掛けるとか頭おかしい。

「一撃で、俺たちを仕留める気だっ……」

「た、瀧音さん。私たちってここに来たばかりですよね？　殺傷力高すぎじゃないですか」

俺もそう思う。紐というフェイクからの足下だ。初っぱなからこれだぞ⁉

意識を入れ替えるんだ。集中、集中するのだ。滝に打たれながら瞑想《めいそう》したあのときを思い出せ。あのとき一緒に滝に打たれたぬれぬれ巫女《みこ》服姿の先輩さいっこ……駄目だ駄目だ駄目だ。心が迷走している。

今はマジでそんなことを考えていられないんだ。俺は自分を、二人を守らなければならない。

「お二人とも、いったいどうされたんですの……？　まあいいですわ、進みましょう」

そう言って先へ進もうとするギャビー。

「ちょっと待ってくれギャビー、君に大切な話がある」

慌てて彼女の手を取ると、こちらに引き寄せた。そして小さく深呼吸し、邪念を追い払う。

「君が俺の事をどう思っているかは知らないが、俺は君や結花を大切な人だと思っている」

「はえっ！　な、なんですの⁉」

「守りたいし、今、守ろうと思っている」

　ぽかん、とした様子で俺を見つめるギャビー。

　掴《つか》んだ手を俺の胸に持ってくると、呆《ほう》けたギャビーの目をじっと見つめた。

「俺はさ、ギャビーに傷を負って欲しくないんだ」

　そう、心に傷を負って欲しくない。その一心だ。だがギャビーは何をするか分からない。最悪俺らも巻き込まれる可能性がある。だから。

「ここは危険だ。だから俺が前に出る。君は俺の後ろを付いてきてくれ、何があっても俺が守るから」

　せめて後ろにいて。変な事をしないで。頼む。

　この思い、届け。

「はい……！」

　小さく頷《うなず》く彼女を見て手を離す。そしてよし行こうと結花に視線を移すと、彼女は口を半開きにして『うっわぁー』といった様子で俺を見ていた。

「どうした、結花？」

「いえー。何でもないです」

「そうだ、結花。お前もストールの近くにいてくれ。最悪、俺が壁になる」

スケスケで一番ダメージが少ないのは多分俺だからな。心が瀕死《ひんし》になる程度だ。でも極力そんな事にはなりたくないし、なるつもりはない。

「何か感じたらすぐに言ってくれ。信頼している、共に乗り越えよう！」

使えるモノはすべて使おう。必要ならば土とかの陣刻魔石も使ってしまえ。どうせ一部以外はあまり使わないんだ。ケチっている場合ではない。

それからは最大限の警戒をしつつ進んでいるが、予想と反してというべきだろうか、かなりスムーズに進んでいる。それは結花とギャビーのおかげだろう。

結花は危険を察知して危ない所を教えてくれるし、ギャビーは遠距離魔法で怪しい場所を攻撃して調べてくれる。

今回一番役立たずなのは俺なのでは疑惑すらある。

しかしこの順調さは俺たちを油断させているという可能性もある。ここで気を抜いてはいけないのだ。

「まて、あれはなんだと思う？」

二人を制止し、通路にぽつんと置かれた箱を指さす。魔法少女服が入っていた箱とはまた違う。それよりも豪華な箱だ。

それを見たギャビーは目を輝かせた。しかし結花は渋い顔をしている。

「たっ宝箱ですわっ！」

「罠ですねっ…………！」

「ああ、間違いなく罠だなっ……！」

目を輝かせていたギャビーは、しらけた顔で俺達を見る。

「いや、まってくれギャビー。喜ぶ気持ちは分かるんだ」

宝箱を見つけたら嬉《うれ》しいのは俺だって同じだ。しかし、このフロアに入ってすぐの事を思い出して欲しい。


下半身を狙い撃ちしてきただろう？


「開けた瞬間、水が噴き出してくるかもしれない」

「それくらいでしたら特に問題はないように思いますわ」

「瀧音さん、違いますよ、もうちょっとひねくれて考えましょう。さっきは紐自体がフェイクでした。今回は宝箱自体がフェイクではないですか」

「……確かに」

迂闊《うかつ》だった。目的は宝箱に意識を持っていくこと。ならば。

「ギャビー、頼みがある。魔法であの辺りを攻撃してくれないだろうか」

不承不承といった様子でギャビーは魔法を唱える。ギャビーの得意な光魔法、光弾が宝箱の横壁に当たった瞬間、勢いよく水が噴き出した。

やはり、宝箱自体が罠だったのだ。

「ギャビー。君がいてくれて良かった。こんなに頼りになる人が後ろにいてくれて、俺は安心して進めるよ」

「……そ、そうですの？　なんだか複雑な気分ですわ」

「いえ、瀧音さん。まだ安心するのは早いですよ。あそこを見てください」

結花が指さす場所を目を凝らして見てみる。そこにいたのは頭が魚の……。

「ぎょ、ギョブリン？」

ギョブリンと言えばゴブリンの体に魚の頭を合体させたようなモンスターで、筆舌に尽くしがたい雑魚《ざこ》である。以前出会ったのは初心者ダンジョンか。

某国民的ＲＰＧで言えば青くて柔らかそうなスライムよりも下、むしろ比べるのもおこがましいぐらいの雑魚。今ならこいつらにどんな攻撃をされても、俺たちはダメージを受けないであろう。肉体的には。

しかし、今この場では最高の攻撃力を持つ雑魚である。てかこのために用意されたとしか思えない雑魚である。

彼らの得意技は水鉄砲。濡《ぬ》れるだけでダメージはほぼ無い。強いて言うなら滑って転ばないようにね、ぐらいだ。

しかし今はどうだ？　急所にかすりでもしてみろ。控えめに言って致命傷だ。

ただ体力は少ないはずだ。俺や結花が一発殴るだけで奴らは倒せるだろう。しかし一匹だけでは無い。複数匹なのだ。何らかのミスで放送事故になりかねない。

「一旦《いったん》隠れるぞ」

何かを察知したのだろうか。一匹の様子がおかしかったため、結花に視線を送る。そしてギャビーを引っ張ると、出っ張っていた岩の陰に隠れる。

少ししてペタペタとギョブリンが歩く音が聞こえた。

「ギョギョギョ、ギョッギョギョーギョゥ」

あれれおっかしーぞ。とでも言っていたのだろうか。

ペタペタと引き返すギョブリンを見ながらため息をつく。

「どうする？」

「こんな所にあんな強敵がいるだなんて聞いてないですよ」

「……先ほどの『朽ちたヘルハウンド』ではあんなに余裕でしたのに、なぜギョブリンごときに」

ブツブツとギャビーが呟《つぶや》く。俺は首を振ると「そうじゃないんだ」と声をかける。

「当たり所が悪いと、回復魔法では癒《い》やせない傷が刻まれるんだ」

「余計に分からなくなりましたわ」

「どうします？」

「幸い、あいつらはまだこちらに気がついていない。一本道だしあそこは抜けなければならない。たたみかけるか？」

「敵・即・破で行きましょう、ギャビーさんお願いします！」

「はいはい、分かりましたわ……」

とギャビーが魔法の詠唱を始めると、俺と結花は飛び出す準備をする。すぐさま叩《たた》き潰《つぶ》せるように、ストールへ魔力を。

結花はガントレットを装備していないが、ギョブリンなら一撃で粉砕出来るだろう。

「いきますわっ！」

魔法陣から光弾が飛んでいくと同時に、俺と結花も飛び出した。

光弾は一匹のギョブリンに直撃し吹き飛ばす。アレは耐えられないだろう。残りは四匹。

すぐさまストールを展開し動揺しているギョブリンを殴り飛ばす。

そしてそのまま近くにいたギョブリンも殴り飛ばすと、結花の方に視線を向けた。

結花も同じように二匹目を倒すところだった。

しかし彼女は気づいていなかった。足下の色が少しだけおかしいことに。

「まずい！」

バシャリという水音。そして結花の叫び声。

すぐ行動したのが、良かったのだろう。結花は手をついているが無事のようだ。知ってたけれど白だった。

「あ、ああ………」

結花は俺を見て狼狽《ろうばい》していた。仕方ない。水がじわじわと染みこんでいき、肩がだんだん露出していく。

「た、瀧音さんっ…………！　わ、私を庇《かば》って……！」

「なぁーに、重傷《かすり》さ」

「強がらないでくださいっ……目がイっちゃってますよっ⁉」

「た、瀧音様⁉　それはいったい？」

「ああ、ギャビー、見てしまったか……」

肩から片方の胸にかけてスケスケになってしまった俺を。

自分が着ている服の危険性が分かったのだろう。彼女は自分の体を抱きしめ、狼狽している。

「大丈夫だ、ギャビー。落ち着いてくれ。言わなかったことは謝る。でも信じてくれ、決してわざとじゃ無いんだ。言わない方が良《い》いと思ったんだ」

泣きそうな顔で俺を見るギャビー、そして一歩二歩と後退し壁にぶつかったときだった。

カチリと音がしたのは。

「っ！　ギャビー、危ない！」

壁の隙間から放たれる水。ストールを広げギャビーを守る。しかし。

「あ、あああ、たっ瀧音様」

自分を守ることは出来なかった。どうやらこの罠《わな》は胸を狙っていたらしい、とことん急所を狙ってきやがる。

「言ったろ、ギャビーは俺が守るって」

「でも、瀧音様の乳首が……」

「立ってますね……興奮してるんですかね」

「おいおいギャビー、結花。なんて顔をしているんだ。大丈夫さっ、俺はこんな姿になってしまったけど、ギャビーと結花の事は守る。だから見ててくれ」

俺の生き様を。

「結花、安全と判断したら俺の後を付いて来てくれ。ギャビーを頼んだぞ」

「た、瀧音さん？　な、何をするつもりですか？」

「道を切り開くのさ」

そう言って俺は駆け出す。もう、ヤケだ。罠なんて俺が全部踏み抜いてやればいいんだ！

様々な罠が発動し四方八方から飛んでくる水をなるべくいなす。そして前へ、前へと一心不乱に突き進んでいく。時折現れるギョブリンも粉砕して。

幸いだったのはゴールが近かったことだろう。光り輝く転移魔法陣が見えたのはそれからすぐだった。立ち止まると自分の体を恐る恐る確認する。意識が飛びかけるも、なんとか持ちこたえ後ろを向く。

そして綺麗な魔法少女服の二人を見て実感した。

守りきれた。湧き上がる達成感と不思議な開放感でいっぱいだった。

「見てください、転移魔法陣ですわ！」

俺が頷《うなず》くと結花とギャビーが魔法陣へ駆けていく。嬉《うれ》しそうに。

もうすぐ魔法陣という所だった。ギャビーがなにかに躓《つまず》いて転び、カチリと音がしたのは。その音を聞いた瞬間、すぐさまストールに魔力を込める。転移魔法陣目の前、ここが最後の試練となるだろう。

ゴゴゴゴという、今までの比じゃ無い音を聞きながら全方向を警戒する。

いったいどこから来る。上か、下か、右か、左か、前か、後ろ……後ろだっ……うしろから大量の……たいりょ………いや、まってくれ。

「あ、あわわわわわわ」

「ど、どーするんですかこれっ⁉」

なんだろあの水の量。最後の最後にデカいの用意してたんだな。それにしても、プールかな？　うーん。無理。

「転移魔法陣に駆け込め、って、あーあ。なんか変な檻《おり》みたいなので囲まれてるし」

これ無理だな。ストールに送っていた魔力を霧散させる。

俺さ、結構頑張ったんだぜ？　体を張ったりもしたさ。

でもさ、なんとなく、なんとなくこうなる気がしていた。

だってさ、ギャビーだぜ。ギャビーだしねぇ。ギャビーだもんなぁ。

あー泣きそうな顔で慌ててるギャビー超可愛い。やっぱギャビーはコレなんだよなぁ。

「瀧音さーん、諦《あきら》めないでくださいよ！　早く壁になってくださいっ！」

結花、大丈夫だ。社会的以外には死なないから。

「いや、あれは無理」

そうして俺たちは水に呑《の》み込まれた。

ピチャピチャと水の流れる音がする。目を開けると俺は仰向けに倒れていた。どうやら流されてしまったらしいが、どこまで流されたかは不明だ。

もちろん体はずぶ濡れだしスケスケである。どこぞの動画投稿サイトだったらＢＡＮされるか、札を持った人に隠されているだろうな。見せられないよ！

「結花とギャビーはどこだ……？」

辺りを見回す。すると通路の先に一人の女性が横たわっているのが見えた。あの背中、大きな尻《しり》、ついでに金髪。ギャビーだ、あの尻は間違いなくギャビーだ。

「う……うぅぅ………」

「ギャビ……」

声を掛けようとしてとどまる。一旦《いったん》落ち着いてギャビーの尻を見よう。

スッケスケだ。

自分と同じようにあられもない姿になってしまっている。うつ伏せだから良いものの仰向けだったら透視能力を得た人間のように、見えてしまっていただろう。

さあ結花はどこに居るだろうか？　この辺りには見当たらない。

出現モンスターはギョブリンだけだったはずだから、危険はほぼ無いはずだ。しかし万が一の可能性を考え早めに合流した方がいいのは間違いない。

彼女をひっくり返したい衝動を抑えながら、予備のストールをだす。尻が名残惜しいもののなんとか彼女に掛け、そして体を揺さぶる。

「ギャビー起きてくれ、ギャビー！」

「うぅ、うぅうん。瀧音様、それはドッグフードですわ……」

ギャビーはいったい何の夢を見てるんだ。いや、早く起きてくれ。

と、彼女の体を揺さぶる。ようやく彼女は起きた。

「あ、瀧音様っ……きゃ」

起きた。

「ああ、すまん」

起きたときに。

「い、いえそういう訳ではないのです。決して嫌で突き飛ばした訳では無く、その」

慌てて立ち上がってしまったのが失敗だったのだろう。ギャビーに掛けられたストールがずり落ちる。

「あっ」

開いた口が塞《ふさ》がらない。

おっぱいも、ヘソも、あっちだって、おっぱいだって、全部おっぱいで丸見えだ。いかん、刺激が強すぎておっちの頭がおっぱいしくなってる。日本語を喋《しゃべ》れてるかも分からない。

「ゑっ？　……っっっっ!?」

彼女は自分の様子に気がついたのか茹《ゆ》で蛸《だこ》のように顔を真っ赤に染める。そして体を抱きしめるように手で隠し背を向ける。

「み、見ないで下さいまし……！」

今のギャビーはミロのヴィーナスに通じるところがある。

ミロのヴィーナスといえば元々美しい像だが腕が無い事で有名である。しかしその腕が無い事で想像力をかき立てて更に素晴らしさを高めている、なんていう話を聞いたことがある。

その点、今のギャビーはスケスケで見えそうで見えない。その見えない所を想像してしまうことによって、元々美しいギャビーに付加価値がついてしまった。つまり。

ミロのヴィーナス＝想像力をかき立てられる＝ギャビーはヴィーナス＝神。

証明終了。

ああああああああ、何アホなこと考えてるんだ。ちょっと落ち着け……。

まったくギャビーったらおっちょこちょいだなぁ。背中向けてしゃがんだって、形の良い尻が強調されるだけだってのに。くっそがぁああああさいこうじゃねぇえかあああああああああ。

ただでさえ魔法少女服着た高飛車ドリルお嬢様が顔を真っ赤に染めてしゃがみ込んで、尻から水したたらせてるっていうのに、見ないで下さいましって弱々しく言われたらどうすればいいんですか。何ですかこれ以上我慢すると脳の血管破裂しますよボケぇ！

落ち着け落ち着け。そして現状を思い出せ。今はダンジョンだ。

　しかも結花はどこで何をしているか分からない。行動を開始しなければって。あれ……今の絵面ってヤバくない？　俺たちが結花がどうなってるか分からないなら、結花だって俺たちがどうなってるか分からないんだよな？　もし捜しに……。

　チラリとギャビーを見つめる。

　顔を真っ赤にして自分を抱きしめる泣きそうなギャビー、それを見つめる俺。こんな姿結花に見られでもしたら評価が奈落《ならく》の底に落ちてしまう。まあ、見られる前になんとかすれば——

「瀧音さーん、ギャビーさーん？　どこですかー!?　精神が崩壊してなければ返事して下さい！」

　——ああ、神よ。どうか私をお救いください。

　ストールがギャビーの近くに落ちていたのが良かったのだろう。察してくれた結花は運が良かったですねと言っただけで、社会的に死ぬことはなかった。しかし心はもうすり減っているので消えてしまいそうだ。

　てか『良かったですね』は殴られなくてなのか、エッチな姿を見てだったのか。

「ようやくここまで戻ってきたな」

幸か不幸か、服は火や風の魔法ですぐに乾いてしまった。

正直ヌレヌレスケスケを堪能《たんのう》したいところだったが、もちろんそんなことは出来るはずも無く。

「何エッチな顔してるんですか？　いいじゃないですか、いっぱい見たんですよね？」

ああ、おっぱい見た……違う違う、いっぱい見た。

「み、見たか、見ていないかで言えば、見た。てかなんだよエッチな顔って」

だって見ちゃうじゃないか。

「さいってー……と言いたいところですが、今回ばかりは仕方無いですね」

ギャビーはなんとも複雑そうな顔だ。まだ少し赤い。

「晴れ晴れとしてますね」

「そりゃそうだろ。しかも俺だけじゃ無く二人もだ」

そう言うと、ギャビーが頷く。

「あの瀧音様……」

「どうした？」

「本日はとてもとても、お世話になりました。もし私《わたくし》に何か出来ることがあれば、申しつけて下さいな、何でも致しますわ」

「何でもはやめといたほうが良《い》いですよー？　ただ瀧音さんにお礼がしたいのは私もなん

ですよね。何かありませんか？」

ああ、以前のことでか。ただ何かあるかと聞かれても。

「何も無いんだよなぁ……」

「えぇーっ、何か無いんですか？　食べたいとか欲しいとか、して貰《もら》いたいとか」

「うーん強いて言うなら――――」

と考えて、ふと俺は思いつき口を滑らせる。

多分スケスケベダンジョンがいけなかったのだろう。俺はそこであまりにも気を張りすぎた。だから心が解放されてしまったのだ。

それで俺は二人にぽろっと本音を漏らしてしまった。普段は絶対に言わない、言ってはならない、ずっと秘めていたことを。

叶《かな》えられない、でも心からして貰いたかったことを。

「――お兄ちゃんって呼んで欲しいなぁ…………あっ…………」

時間という概念が消失した。

九章　それぞれの進む道

―結花《ゆいか》視点―

「いらっしゃい、結花さん、ガブリエッラさん、そして瀧音《たきおと》君」

そう言ってニコニコとしているモニカ会長。

今日は珍しく式部会並みに人が少ないですね、と瀧音さんが言うと会長はああ、と呟《つぶや》く。

「伊織《いおり》君がダンジョンを攻略したときに、古代語で書かれた何かが出たらしくて……場合によっては大変なことになるって、血相を変えてるらしいわ。近々詳しく報告して貰う予定だけれど、図書館に関係があるとか」

瀧音さんはそれを聞いて、そうなんですね、と呟いていた。しかしちょっと様子がおかしかった。

「今日はどうしたの？　私の予想だと……三会への入会関係よね」

まあ、生徒会から声をかけられた二人が、生徒会長の所に来たらそう思うでしょう。

「モニカ生徒会長、私《わたくし》のわがままをきいていただけないでしょうか」

ギャビーはそう言うと私の目を見て頷《うなず》く。

「わがまま？　ええ、どうぞ。言ってください」

「私《わたくし》は以前生徒会入会をお断りさせていただきました。しかし、もし空きがあるならば、私《わたくし》を入会させていただけないでしょうか」

「……それに至った理由を教えて貰える？　ああ、怒ってるとかそういうわけでは無いわ、驚いてるの。純粋に」

多分会長はギャビーは式部会に行くと思っていたのだろう。私もそう思っていた。

「私《わたくし》はずっと兄を追いかけて、追いかけて、ここまで来ました。でも結花さんと瀧音様のおかげで気づいたのです。私《わたくし》は私《わたくし》であることを。私《わたくし》は、私《わたくし》らしく強くなりたいと。兄の真似をして強くなるわけではなく、私《わたくし》らしく強くなって兄のように立派になりたいと」

「……貴方《あなた》の目標はベニート君なのね」

「はい、私《わたくし》は……ずっとお兄様の後を追っていました。それが正解だと信じておりました」

「今は違う、と。貴方はそう言うのね？」

「はい。お兄様を超えたい。お兄様のもとでお兄様自身を目指すのでは無く、自分なりにお兄様を超えたいと思い至りまして」

モニカ会長を一直線に見つめ、胸をはりきっぱりと言う。

「だから、私《わたくし》は生徒会に入会したいのです」

「ふふ、ふふふふっ」

モニカ会長が笑う。心底楽しそうに笑っている。

「良いわ、良いわねっ。そういうの大好きよ」

モニカ会長は立ち上がり壁に描かれた魔法陣に手を触れる。彼女が魔力を込めると、生徒会の紋章がぼんやりと白く光る。彼女は魔法陣の中心に手を入れると、そこから一つの書類を取り出した。そしてその紙に何かを書き入れると、テーブルの上に置いてあった魔法陣が描かれた封筒に入れ、投げる。

　それは手裏剣やダーツなどのように高速で飛んでくるわけでは無かった。ただの紙のように空気抵抗にやられ、ひらひらと落ちることも無かった。

　その手紙はゆっくり飛行して、ギャビーの手に収まった。

「でも……　一つ条件があるわ」

　こわばるギャビー。

「いつか必ずベニート君を超えなさい。卒業して、時間がたってもいい。必ず超えなさい。私の配下につくのよ、必ずそうなって貰うわ」

「もちろんですわっ！」

カラカラとモニカ会長は笑う。

「私たちと一緒に、強くなりましょう」

そしてひとしきり笑うと私に視線が向いた。

「ゴメンなさいね結花さん。もう既に君のお兄さんが生徒会に入会しているから、人数的に貴方を入会させられないわ…………なんて、ふふっゴメンなさい、冗談よ。ええ、言ってみただけ。私は分かるわ。貴方は入会する気は無いでしょう？」

その通りだ。

「生徒会に関しては、身に余るお言葉を頂き大変光栄でした。ですがお断りさせていただきます。私は入会できません」

「それで、どっちにするの？」

私は瀧音さんを見つめる。瀧音さんは無言で私を見た。

なんとなくだけど、会長は私がどちらを選んだか予想が付いていると思う。

「私は紫苑《しおん》を良く見ていたから分かるわ。あの子は飄々《ひょうひょう》としているけれど、辛《つら》いことも大変なこともあった。貴方にその覚悟はあるの？」

「もちろんです」

「あなたのお兄さんは、生徒会に入っているのよ？」

だからこそ、と言える。私が会長に決意を述べると彼女はにっこりと笑った。

「ガブリエッラさんだけで無く、結花さんも生徒会に来て欲しかったわ。まったく今年は粒ぞろいね」

瀧音さんはする事があるらしく、ななみさんとどこかへ行ってしまった。生徒会室から出た私たちは二人で見つめ合う。

「あなたとこうして話をする日が来るだなんて思ってもおりませんでしたわ」

「私だってそうですよ。思い込みが激しくて猪突猛進《ちょとつもうしん》で……」

「だまらっしゃい」

　でもそれが案外彼女の良いところかも知れない。

「一人で行けるんですかぁ？」

「おーっほっほっほ。私《わたくし》を誰だとお思いですの？　余裕ですわ」

　手を顔の横に添え、高笑いするギャビー。この様子なら彼女は大丈夫だろう。

「っですよねぇ、なら……行きましょう」

「ええ。私《わたくし》はともかく、あなたもせいぜい気をつけなさいな」

　それは私たちが考えて決めた道。いずれ些細《ささい》な後悔も有るだろう。でも人間誰しもどの選択をしたとしても、少しの後悔はするのだ。

　私たちは瀧音さんが言うこの無限の選択肢の中で一番、後悔が少ない道を選んだと思う。

もう、彼女は別人のようだ。つきものが落ちたような、晴れ晴れとした顔をしている。

私たちは笑みを交わす。二人で笑う。

「今、とっても素敵な顔をしてますよ、女が上がったような気がします」

「ふふ、当然ですわ。あなたこそ私《わたくし》には及ばないにしろ、素敵な顔をしておりますわ」

「っはぁーっ？　あなたよりかはいい顔をしていますよ」

私がそう言い喧嘩《けんか》が勃発《ぼっぱつ》、とはならなかった。ただ二人同時に吹き出し、心の底から笑った。

以前ならこの言葉だけで言い合いに発展していただろう。今の私たちはコレが冗談だって分かっている。ただし、ギャビーですから冗談じゃ無くて本気で言っているのかもしれないけれど。まあ、それでもいいです。そんなところも今はなんだか可愛らしく見えるし。

ひとしきり笑い、私たちの間に沈黙が流れる。それは悪い沈黙では無い。ちょっと背中がかゆくて、恥ずかしいような、そんな沈黙だ。

「聖《ひじり》結花」

「どうしたんですか」

「あなたは私《わたくし》の親友ですわ」

「仕方ないですね。かわいそうですし、そういうことにしておいてあげます」

私の軽口にギャビーは笑う。そして笑顔なのだけれど、少しだけ彼女から受ける雰囲気が変わる。

「でも……これからは敵ですわよ」

彼女は生徒会へ。私は式部会へ。

私はお兄ちゃんと対立し、ギャビーはお兄様と対立。

そして私とギャビーも対立へ。

「まぁ、以前のように戻るだけですけどね」

「ですが私《わたくし》たちは以前のようではありませんわ」

ああ、そうですね。ギャビーは私を、私はギャビーを認め、絆《きずな》のような物が出来た。見た目上は争っていてもこの絆が無くなることはない。

私は自分の拳《こぶし》をギャビーに向ける。

「泣き言ほざかないでくださいね。いちいち叱咤《しった》しに行くのめんどーなんで」

するとギャビーも自身の拳を私に向け、コツンと当てた。

「それはあなたではございませんの、まあ……そのときは私《わたくし》が笑いに行ってあげますわ」

私たちは互いを理解して、互いを認めて、そしてこれから敵になる。

「じゃあ、行きますかね」

「では、行きますわよ」

私たちは別々の道を歩き出す。

私が進んだ先には、お兄ちゃんがいた。

「お兄ちゃん、お待たせ」

「大丈夫、待ってないよ結花」

お兄ちゃんは庭園のベンチをトントンと叩《たた》く。私はそこに着席した。するとスッとミルクティーを差し出してくる。買っておいてくれたのだろう。ただしお兄ちゃんの趣味のとても甘い物だ。まあ、いいんだけど。

「ありがとう」

受け取った容器を開けて一口飲むと、口全体に強烈な甘さが広がる。お兄ちゃんは運動後に飲んでいるが、よく飲めたものだ。お兄ちゃんの汗は甘いに違いない。

「それでどうしたの？　話って？」

お兄ちゃんにそう言われて、さて何から話そうかなと考えたときに、不意にギャビーの顔が思い浮かんだ。

「……最近新しい友達が出来たんだ」

「へぇ、そうなんだ。どんな人なの？」

「彼女は頭がドリルで、壊れた機械みたいに猪突猛進で、あんまり気が遣えないけれど、実はちょっとだけ良《い》い子かな」

「なんか結構貶《けな》してない……？　友達だよね？」

「まー間違って無いのでいいんです。それで彼女は今日とても大きな一歩を踏み出したんだ」

彼女がずっと抱えてきた問題を、解決するために。新たな世界へ飛び出すために。

「私もちょっと考えたんですよー！　それでね、最近お兄ちゃんもなんだか考える事があったんだろうなぁって」

「うん」

「その理由って教えてはくれないの？」

「………」

「それは私の一件があった？」

お兄ちゃんは苦笑いする。まったくもう、わかりやすい。なら答えなくていいや。

瀧音さんの言うとおりですよ。お兄ちゃんに守られてばかりって、癪《しゃく》に障る。やっぱり自分の事は自分で出来るようにしないと、それに。

「私ね、お兄ちゃんと戦って負けたじゃん？」

「うん、僕が勝ったね」

初めての敗北だった。とても大きな壁があるようで、もう勝てないんじゃないかって思った。お兄ちゃんの成長速度は異常だ。

でも瀧音さんはそんなお兄ちゃんに私が負けないと言った。勝てると言った。でも俺には勝てないだろうがな、だなんて瀧音さんらしいことも言っていた。

絶対に届かない存在ではない。その言葉は勇気になる。

「負けっぱなしって悔しいし大っ嫌いなんです」

私がそう言うとお兄ちゃんは笑う。

「ふふっ」

「なんで？」

「結花らしいなぁと思って」

まあ言われてみれば、確かに私らしいかも知れない。

「それでいいや。私はお兄ちゃんには負けない」

瀧音さんは断言していた。

俺は最強になるつもりだが、最終的に一番の壁になるのは聖伊織、お前の兄だと。

もしそれを超えるくらい強くなるというなら、それは最強になることだと。

「瀧音さんから聞いたんですけど、お兄ちゃんって最強になるんですよね？」

「うん、そうだよ」

「それは無理だよ」

でも私はそれを超えたいと、そう思ってしまった。

なら、仕方ないですよね？　だったら私が。

「だって私が最強になっちゃうんだから」


―ベニート視点―


『色々終わりました。近々大きな出来事があるんで、そのときは必ず力を貸して下さいね』

そんな瀧音君のメッセージを見るに、ガブリエッラの事は上手《うま》くいったのだろう。

よかった……本当によかった。

ガブリエッラが育児放棄《ネグレクト》されていることに気がついたのは、僕が十歳にも満たない頃だった。

当時はそんな言葉は知らなくて、両親はただただ忙しくて彼女を見られないだけかと思っていた。家がおかしいと気がつけたのは、ある少女を見ていたからだった。

僕はその子はなんて目をしてるんだと思った。造形は美しいのにいびつに見えた。頬や口では笑みを浮かべているのにすべてを諦《あきら》めたような、冷たい目をしていたからだと思う。

それは今もそうか。うん、ステファーニアは昔からそうだった。

実家が法国《ほうこく》でも聖女に近しい特殊な立ち位置であるため、僕は幼い頃からステファーニアのことを知っている。そして彼女がいたからこそ、今の家族に疑問が持てた。

幼少期にネグレクトのことに気がつけたのは、ガブリエッラの目が一時期ステファーニアに似ていたからだ。そして僕はガブリエッラを見て、両親を見て、色んな事に気がつけた。おかげで自分も変われた。

幸いな事にガブリエッラについているメイドが非常に人格者で、正しい方向に導いていたから最悪を免れたといって良い。もし彼女がいなければ、ガブリエッラがどうなっていたか分からない。また僕もどうなっていたか分からない。

ガブリエッラにとってメイドは、両親よりも親のように感じる存在だっただろう。

僕は寂しいだろうと思い、父と母の代わりにガブリエッラの事を考えて行動してきた。

ただ僕はガブリエッラの事を考えすぎた。そして手を出しすぎてしまった。

初めの頃は良かったのだ。

ガブリエッラが笑うようになって、魔法が好きになって自分を磨くことを覚えて、そして明るく育っていってくれたから。

だけどそれではいけないのだ。

僕は知っている。エヴァンジェリスタ家は何か隠している家だと。決して表には出せない、何らかの裏の仕事をしているだろう事を。それが聖女に関係するだろう事を。

僕はそれを調べることもそうだが、なによりそのときの聖女の事が気になっていた。

異性としてでは無い。ガブリエッラと同じ目をしていたステファーニアが気になったのだ。ガブリエッラの場合はネグレクトだったが、ステファーニアには彼女なりに何かしらがあったんだと思った。

どうにか心から笑わせられないかと、よく声を掛けた。ガブリエッラとは方向性が違うが。しつこかったせいか彼女の荒《すさ》んだ口調が初めて漏れたときは、心から嬉《うれ》しかったが、彼女が秘めている聖女の事は口を割らなかった。今では結構本音を言ってくれるようになったかな、ただ聖女の事については口を割らない。単純に言えないのだろうけれど。

そんなこんなあってまるで妹がもう一人出来たようだと思った。

エヴァンジェリスタ家はあまり好きでは無いが、家の事はしっかり僕が引き継ぐつもりだ。だって妹《ステファーニア》の事を放ってはおけないからね。

だけどガブリエッラは別だ。この家から逃げて貰いたかった。法国と聖女というパンドラの箱に触れて欲しくなかった。

だからこそ彼女には自分ですべての事が出来るようになって貰《もら》わなければならなかった。

皆には才能があるのに僕のせいで檻《おり》にとらわれている、なんて言ってギャビーの事を考えて貰っていた。だけど才能があるのは本当だし、檻に閉じ込められているのも本当だ。

僕のせいで、いびつな成長をしてしまったのもそう。

でもこのままだと彼女は『法国のエヴァンジェリスタ家』という本当に抜けられない檻に閉じ込められることになってしまう。

僕がガブリエッラを両親から逃がす目的で閉じ込めてしまった檻は、相当にひどい物だったのだろう。またあまりにも長い年月ガブリエッラは檻の中に居たせいで、鍵《かぎ》は無いけれど入り口は錆《さ》びて、簡単には開かなくなってしまった。

僕はガブリエッラに僕のようになって欲しくなかった。でも檻の中に僕がいたから、僕しか見えなかったからガブリエッラは僕を目標にせざるを得なかった。

僕は選択して入っている。だけどガブリエッラにはこんな檻に居て欲しくない。背中に大きな羽があるんだから、自由に飛び去って欲しかった。

ただ式部会に入るな、というわけでは無い。もしガブリエッラがただ単純に僕を目指して式部会に入るなら、それは止めて欲しかった。

だが自ら将来を考えて、その過程でどうしても必要でちゃんとした意志を持って式部会に入るならそれでも良かった。あいにく前者だ。

しかし、今日その悩みは終わる。

「入って良いよ」

ノックの音に僕はそう答える。

「失礼致しますわ、お兄様」

もう、見ただけで分かった。

瀧音君は多分凄《すご》いことをやってのけたんだろう事が。僕じゃ解けない、あんなに堅く結ばれた心のわだかまりを解いたんだろう。

出来ることならもう一人の妹、聖女を瀧音君はなんとかしてくれないだろうか。

いや、難しいのは分かっている。聖女、そして宗教の裏事情だもの。国と国が戦争になるかも知れない、そのレベルのことだから。

だけど解決に導くというなら、花邑《はなむら》龍炎《りゅうえん》の血を引き、トレーフル皇国の皇女と非常に懇意にしていて、人間としてなし得ないような記録を打ち立てる彼で無ければ、いったい誰が出来るというのだ。

「お兄様、昨日《さくじつ》ここに結花さんがいらっしゃいましたよね？」

「ああ、結花ちゃんは言ったよ。私を式部会に入会させてくださいと。ガブリエッラは式部会に入らないと。そして僕達式部会のメンバーはそれを了承した。でも本当によかったのかい？」

僕と紫苑は彼女は入会するに足る実力が有ると判断した。そして貴族では無いが花邑家に庇護《ひご》されているという噂で、多少のいざこざは無くなるだろうと判断している。

「ええ、それでかまいませんわ」

僕は瀧音君にいったいどれだけの恩を返さなければいけないのだろう。瀧音君に会ってガブリエッラは変わった。もちろん見た目は変わっていない。僕以外の人が見ても変わったように見えないかも知れない。でも僕には分かる。

ずっとガブリエッラを見てきたのだから。

「考えましたの、お兄様のことを」

「僕のことかい？」

今はガブリエッラの目が違う、心の姿勢が違う。僕を見ているんじゃない、その先を見ている。

だって、この目はまるでモニカの目だもの。そして今の伊織君の目だ。元凶の瀧音君の目だ。新しいガブリエッラの視点なのだ。

ああ。今、僕は泣いてないだろうか。

絶対に泣いてはいけない。そんな姿、見せられるわけがないじゃないか。どうして見せられる？　だってガブリエッラは決意の目をしている。自信と希望に満ちあふれ、勇往邁《ゆうおうまい》進《しん》する瀧音君のように大きな決意を抱いている。

ああ、なんてことだろう。ガブリエッラとの思い出が、次々とあふれてくるではないか。

テストで百点を取っても、父様に僕は当然のように取っていたと突き放されるガブリエッラ。

母様に新しく覚えた魔法を見せて、僕はもっと早くに覚えていた、と伝えられるガブリエッラ。

彼女はずっと比較されてきた。冷酷で家の事ばかり考えていたあの二人に。

僕は彼女に元気でいて貰いたかった。だから僕は世界を閉ざしてしまった。僕が構い過ぎてしまった。笑って欲しかったから。でもガブリエッラに大空へ羽ばたく道を示せなかった。

「私《わたくし》は私《わたくし》でした。お父様やお母様の求める私《わたくし》ではありません。そして――」

でも彼女は檻から出た。錆びた入り口は瀧音君にこじ開けて貰ったのかも知れない。結花ちゃんに外から手を引っ張って貰ったのかも知れない。

「――お兄様でもありません」

でもちゃんと檻から出た。そして今飛び立とうとしている。

「お兄様に守って貰ってばかりでした。だから、お兄様ありがとう。でもこれからはお兄様の支えなしで進みたいと思います」

実家で育児放棄《ネグレクト》されながらも、心腐らせること無く成長し、檻から出て僕に向かってその目をしてくれるのに、なぜ泣かなければならない。

「私《わたくし》はお兄様とは違います。得意なことも違います」

いや駄目だ。彼女は決意を伝えているのだ。だからこそ泣いてはいけないのだ。

「私《わたくし》はお兄様を尊敬しています。世界一だと思っています。でも私《わたくし》は私《わたくし》。追いかけるのでは無い、違う道を見つけましたわ。これからは自分でその道を歩いて参ります。そしていずれは……」

じっと僕を見るガブリエッラ。彼女が何を言おうとしているかはわかった。

「お兄様に勝ちます」

僕が今しなければならないことは、彼女が更に飛ぶ為の向かい風になることだ。鳥が大空を羽ばたくために必要な向かい風のように。

だから笑って言わなければならない。

「ふふ、ガブリエッラは僕に勝てるのかな？」

「ええ、もちろん出来ますわ。私《わたくし》はお兄様を超えて世界一になりますもの」

十章　プレリュード

—瀧音《たきおと》視点—

結花《ゆいか》、そしてギャビーは趣味は違うし、好きな食べ物は違うし、性格も全然違う。だけどとても仲が良かった。まるで凸凹《でこぼこ》だ。でもその凸凹が上手《うま》い具合にはまり、何より兄のことで悩んでいる事が二人を近づけた。

今回二人は悩みに悩み、目標と道筋を見つけることが出来た。

彼女達は俺にお礼を言った。でも別に俺は何かしたわけじゃない。二人は元々強い人間だ。自分で考えることも出来る。俺なんかがいなくても、道を見つける事が出来たはず。俺はただ背中を押しただけだ。

さて、ゲームにおいて結花には三つの、ギャビーには二つの道があった。

結花は生徒会、風紀会、式部会に入ることが出来て、それぞれの会で強くなる。しかしどの会に入会したとしても最終的な目標は伊織《いおり》である。結花は伊織に負けたくない一心だ。

ギャビーの場合は式部会に入会するか、生徒会に入会するかだ。ただ今回の戦いで俺が負けて式部会入りしてしまったら、ギャビーは聖女イベントの際にバッドエンドを迎える。

しかし自立して生徒会に入ることでそれを免れ、尊敬するお兄様のように強くなることが出来るし、聖女イベントの際にも大きく活躍してくれる。

彼女がしっかり選んでくれて本当に良かった。天然的発想で何かやらかさないか少しだけ不安だったのは内緒だ。

今回あったことを言えないことを除いて簡単に話すと、先輩は腕を組み、なるほどなと呟《つぶや》いた。

「もともと彼女は偉大な兄であるベニート卿《きょう》とのことで悩んでいたと。そしてベニート卿を追うか、ベニート卿から離れるかで悩んだのだな」

「ええ、大筋そんな感じです」

「最終的にベニート卿と自分は違うと考え、追いかけるのでは無く、また違った方法で成長し、ベニート卿を超えようということか」

「その選択をしました」

「……結局の所、人間というものはどんな選択肢を選んでも、大なり小なり後悔をするものだ」

先輩は小さく息をつく。目を閉じ何かを考えている様子だ。もしかしたら自分の過去を思い出しているのかも知れない。

「多分隣の芝生が青く見えるだけだ。なら一番後悔の無い選択をする事が大事なのだろう。よく考えて後悔の無い方を選べたのなら、それは良《い》いことだと私は思う」

俺は頷《うなず》く。彼女の言うとおりだ。

「ご主人様は後悔されていることはありますか？」

ななみにそう問われ、大きく頷いた。

「あるさ、ありまくりだ」

物事がすべて上手くいっているわけではない。上手くいっていたらリュディだって結花だって、危険にさらすことなど無かったのだ。

「だからといって立ち止まっていられないんだよ。出来ることをする、それだけだ」

立ち止まって迎えるのは、いくつかのヒロインのバッドエンドだ。それは絶対に避けなければならない。

「アネモーヌさんは本当に良い仕事をしてくれたぜ」

あまり日にちが経過していないというのに、あの人はもう用意をしてくれた。

「私《わたくし》の準備は万端です」

「……ななみに使うわけでは無いからな」

「天使の動きを封じるアイテムだったか？　ならななみ以外にいったい何に使うんだ？」

先輩はななみに使うとでも思っていたのだろうか。いやたまに使いたいぐらい暴走するときがあるかといえば、ある。

「それは、これから分かりますよ」

行きましょう、と俺は歩みを進める。すると二人もついてくる。

今度の敵は今までで最も強い。俺だけではまず勝てないだろう。ななみや先輩がいても勝敗は変わらない。

「そういえば結花様からお聞きしましたよ、お兄ちゃん」

「やめろ俺の傷を抉《えぐ》るな」

こんな可愛い妹が欲しかった、一般的な意見だと逆ギレした結果、結花からはしらけた目で見られ、ギャビーはなぜか照れてた。もうどうにでもなーれ！

「私も二人のような妹なら欲しい」

先輩のフォローが身にしみる。でも、なんであんなこと言っちゃったんだろう。魔法少女服で、一線を越えちゃったんだろうか。

「もしお求めでしたら今日から妹メイドでも構いませんが？」

「馬鹿野郎、ご主人様呼ばわりしてくるメイドが居なくなるなんて、卵かけごはんから卵を取ったようなものだぞ！」

「それはご飯じゃないのか……？」

「先輩、そんなことはどうでも良いんです、それよりも今後です」

「今後というと？」

「図書館へ入ろう」

「そう言えば……私《わたくし》はほぼ行ったことがありませんね」

　そりゃあそうさ。ななみにはわざとあそこを避けさせてきたんだからな。

「行けば分かるよ」

　一応保険のために先輩も連れてきた。何も起こらないだろうけれど、一応な。

　普段は仕事をしているから、この大きな図書館で探し人を見つけるのは大変な時がある。

しかし既にアポは取っていたから、桜《さくら》さんを見つけるのは簡単だった。

「こんにちは、桜さん」

「待ってたわ、たきお……え？」

　彼女はななみを見て静止する。

「そんな……」

　そしてななみは彼女を見て硬直する。

　しかし、ななみの硬直はすぐに解けた。まるで魔物の気配を察知でもしたかのように高速で弓を取り出し、矢をつがえる。

「逃げて下さい、ご主人様！」

「落ち着けななみっ」

「どうしたんだ、二人とも？」

　先輩の言葉は耳に入っていないのだろうか、弓を構えながらななみは桜さんを睨《にら》む。手からは魔力があふれ、額には汗が浮かんでいる。

「学園に？　なぜ？　毬乃《まりの》は知っていた？　いや、知っていたに決まっています。あの女はそういうことを平然としてしまう」

「今日は、いい天気ですね」

　俺はあえて空気を読まず、そんなことを言う。

「え、ええ。そうね」

　桜さんは動揺したまま、そう答えた。そしてすぐにななみを見つめたまま、疑問であっただろう事を聞く。

「ねえ、瀧音君どうして……こんな所に天使が………？」

　ちょっと落ち着いてきたのだろう、動揺は消え、いつもの笑顔が桜さんにある。ただ普段の優しい視線では無く、笑っていないと言えば良いのだろうか、射貫《いぬ》くような視線だった。

　桜さんはななみが天使である事を瞬時に見抜いた。ななみをすぐに天使と見抜くことが出来た者はほとんどいないというのに、彼女は即座だった。

ななみも見た瞬間に気がついた。そして基本冷静沈着なななみが、こんなにも動揺しているのを見るだなんて久々だ。

「ご主人様は当然知ってらっしゃいましたね？」

ああ、もちろんだ。理解しているだろう、俺はよく桜さんに会うのに、ななみは一度も会ったことがないのは、イベントが進む可能性を考えてだ。

「アネモーヌ様が作られたおもちゃなぞ、この化け物には全く通用しませんよ？」

「ああ、知っている」

知っているさ、彼女が異次元の強さだって。半端なアイテムじゃ、彼女に全く効果が無いことぐらい知ってるさ。でも有るのと無いのじゃ、全然変わってくるんだぜ？

「ちょっと待て、瀧音。何がどうなってるんだ？」

「先輩、詳しくは後ほど、お話しさせていただきます」

ごめんなさい先輩、今日は何かあったときのボディガードとしてついてきていただいたんです。

「ご主人様にお尋ねします」

そうななみは言うと桜さんを見つめる。

ななみの汗が頬をつたう。まるでサウナにでも入っているかのようだ。

「はぁっ、はぁ……なぜ、なぜこんな所に……天使がいるのですか」

天使という言葉に、先輩が驚いて桜さんを見る。

すぐに先輩は武器に手を添えるが――

「先輩、大丈夫です」

――そう言うと武器を構えることはしなかった。しかし柄に手を触れているのは万が一を考えてだろう。

「ななみ、いることは別に悪いことでは無いだろう。天使なんて地上で普通に生活している者もいるんだし」

チラリと桜さんを見ると彼女は頷いた。

「数は少ないでしょうけれど、いるわね」

「では質問を変えましょう。なぜ、上級の天使がいらっしゃるのですか？」

「あら、上級の天使だなんて……♪」

桜さんは否定もせず、嬉《うれ》しそうな声でそう返す。しかしななみの視線は冷たい。

まるで存在を非難するかのように、ななみは言う。

「では……なぜ堕天しかけた天使がっ」

「なんでっ、こんな所にいるのですかっ?!」

その言葉と同時に辺りの雰囲気が変わった。

「っう！」

先輩は驚きの声を上げる。仕方ない。地面が揺れ視界がかすみ呼吸することすら辛《つら》い。

それは桜さんが魔法を唱えた、からじゃ無い。

ただ彼女は魔力を放出しているだけだ。彼女は小指をひねるぐらいのことで、俺とななみと先輩にこれだけの影響を与えている。

「……モニカ会長からもこのような力を味わったことが無い。学園の教授、いやそれ以上……」

しかし桜さんは笑顔のままだ。

「いったい何を企《たくら》んでいるんですかっ⁉」

「まあまあ、ななみ。大丈夫だ」

俺はななみを止める。

傍《はた》から見れば俺はかっこ悪いかも知れない。口では平静を装っているが、さっきから足が震え、服の下には嫌な汗が大量に流れている。ここに居るだけで、寿命が縮んでいるとさえ思う。

「……もともと瀧音幸助《こうすけ》君はイレギュラーだったんだけれど、まさかこうなっちゃうなんてね」

そう言って桜さんは何かをしようと目をつむるも、俺はそれにまったをかける。

「まあまあ桜さん、それは早計ですよ？　ほら、リラックスリラックス」

桜さんはゆっくりと目を開き、俺をじっと見つめる。俺はドラゴンにでも睨《にら》まれているのだろうか。

落ち着くために小さく息をつく。そしてゆっくり自分の魔力を放出していく。

「あら、あなたは私が何をしようとしているのか分かるのかしら」

「もちろんですよ、桜さん。俺も桜さんの立場だったら、同じような行動を取ったかも知れません」

それは最悪を回避するために仕方ないかも知れない。しかし俺はそれを許さない。

「桜さん、俺と桜さんはほぼ似ていないけれど、一つだけ同じものが有るんですよ、知ってますか？」

「……それは何かしら」

俺は魔力を放出していく。桜さんに対抗するように。

「桜さんは凄《すご》く綺麗《きれい》で、魔法使いとしての実力があって、上位の天使で凄く優しくて、ぱっと見は俺とは全然似ていないかも知れません」

「ご主人様はイケメンです」

「瀧音は優しいだろう」

警戒をしたままの二人は、少しだけこの魔力に慣れて来たのか、冗談を言う。

「瀧音君のガールフレンドがいる中で告白だなんて恥ずかしいわ」

　全然恥ずかしそうじゃ無いけどな。それはどうでも良《い》い、話を戻す。

「俺はですね」

　そう言って目をつむる。そして思い出す。

「この世界が好きです」

　初めて魔法を使ったとき、ダンジョンへ行ったとき。毬乃さんや姉さん、リュディやクラリスさんに会った時、先輩に会ったとき、ななみに会ったとき、結花とギャビーとダンジョンに行ったとき……学園に行ったとき。伊織カトリナオレンジモニカ会長紫苑《しおん》さんステフ聖女フラン副会長ベニート卿《きょう》……。人が街がダンジョンが……皆大好きだ。

「桜さんもこの世界が好きですよね？　でなければこんなことしない」

「……」

「桜さん、答えて下さい、好きか嫌いか、それだけで良いです」

　それで俺の覚悟が決まるから。

「好きよ、ええ、大好きよ」

　ああ。もう、それが聞ければ十分だ。魔力をこれでもかと放出していく。

　覚悟は決まった、足の震えもどこかへ行った。この化け物に舐《な》められないようにもっと胸を張れ。

「よかった。ならもう少し、もう少しだけ待って下さい。準備を終わらせて伊織が来ますから」

「ええ、彼は来るでしょうね」

「そして来た伊織をあなたは利用する」

伊織はイベントをまだ終わらせ切っていない。あと少し彼女を知らなければならない。

それが終わるまでは、俺はこのイベントを進めたくは無い。

「伊織が来たら自由に使ってくれて構わない、でももう少しだけ待っていてください」

桜さんのイベントで、ゲーム一周目に後悔した人は多い。ディスプレイの前で、数多《あまた》の紳士淑女《エロゲプレイヤー》達が涙を流したんだ。

「それをして、私に何か利点はあるの？」

「ははっ、ありますよ。大いにあります」

俺だってそうだ。あまりの辛い境遇に、彼女が選んだ選択に、涙が止まらなくなった。

そんなの絶対に阻止しなければならない。

「あなたが予言することの出来なかった世界を、俺達が見せるので」

「……瀧音君が？　無理よ」

俺が求めているのは、バッドでもノーマルでもない。

「できますよ」

ハッピーエンドだ。

あなたを、皆を助けるために強さを求めて今までやってきた。今も、そしてこれからも進み続ける。こんなところで躓《つまず》いていられないのだ。

さあストールを広げて魔力を出せるだけ出してやれ、そして笑うのだ。

先輩やモニカ会長よりも圧倒的に強い大天使に、宣言しよう。

「なんせ俺は……あなたをも超えて最強になる男ですから」

あとがき

ごきげんよう。生きております、入栖《いりす》です。

——謝辞——

毎度の事ながら素晴らしいイラストを描いていただいております、神奈《かんな》月昇《つきのぼる》先生。ダークエルフのデザインもぬれぬれギャビーも全部最高です。特に表紙のギャビー、彼女の魅力が存分に引き出されていると思います！

コミカライズ版では緋賀《ひが》ゆかり先生ありがとうございました。店舗特典は特に最高でした。まだ買っていない人は是非購入……お願いします！

おりょう先生、はつみのイラストありがとうございます。個人的にお姉さん系キャラのイラストと言えばおりょう先生で、そんな先生にはつみを描いていただけて幸せです。

編集の宮川《みやかわ》様。頭を床にこすりつけてお礼申し上げます。シリーズが続いているのは宮川様のおかげです、誠にありがとうございます。

今回ＰＶ作成にご協力くださった、あせろら様、誠にありがとうございます。おかげさまで素晴らしいＰＶが完成致しました。また幼い頃はゲームデザイナーを夢見ていた時期があり、その夢が少しだけ叶《かな》う形となりました。あせろら様のゲームは大手同人販売サイトにて購入が出来ます。気になった方は是非購入してみてください！　※ただしR18です

花邑家では.スキの多いリュディさん
神奈月昇.

マジカル★エクスプローラー
エロゲの友人《ゆうじん》キャラに転生《てんせい》したけど、ゲーム知識《ちしき》使《つか》って自由《じゆう》に生《い》きる5

著　入栖《いりす》

角川スニーカー文庫　22727

2021年7月1日　初版発行

発行者　青柳昌行

発　行　株式会社KADOKAWA
〒102-8177 東京都千代田区富士見2-13-3
電話　0570-002-301（ナビダイヤル）

印刷所　株式会社暁印刷
製本所　株式会社ビルディング・ブックセンター

Printed in Japan　ISBN 978-4-04-111408-7　C0193

★ご意見、ご感想をお送りください★
〒102-8177 東京都千代田区富士見 2-13-3
株式会社KADOKAWA　角川スニーカー文庫編集部気付
「入栖」先生
「神奈月 昇」先生